懐かしい料理に
大感激！

海を越え、ザイデラに出発！
新たな地でセイを待つものは——！？
聖女の魔力は万能です 9
The power of the saint is all around.

聖女の魔力は万能です
9
The power of the saint is all around.
Author
橘由華
Illustration
珠梨やすゆき

口絵・本文イラスト
珠梨やすゆき

装丁
ムシカゴグラフィクス

Contents

The power of the saint is all around. vol.9

Character

The power of the saint
is all around.

セイ

異世界に聖女として召喚されたOL・小鳥遊《たかなし》聖《せい》。治療や魔物の浄化で大活躍し、各所から崇められるようになってしまったのが最近の悩み。料理や化粧品の開発が息抜き。

ジュード

薬用植物研究所の研究員で、セイの教育係。面倒見がよく、人懐っこい。よくセイの料理をつまみ食いしにくる。

アルベルト・ホーク

第三騎士団の団長。ちまたでは"氷の騎士様"と呼ばれているほどクールらしいが、セイの前では……?

薬用植物研究所の所長。セイの面倒をよく見てくれる。アルベルトとは幼なじみらしい。

宮廷魔道師団の師団長。魔法や魔力の研究となると目の色が変わる。今は、セイの魔力に興味津々。

セイが開発した商品を取り扱う商会の従業員。

セイと同じく異世界に召喚された高校生・御《み》園《その》愛《あい》良《ら》。宮廷魔道師団で活躍中。

図書館で友達になった侯爵令嬢。セイのことをよく慕ってくれている。

宮廷魔道師団の副師団長で、アルベルトの兄。口数は少ないが常識人。ユーリにいつも振り回されている。

メイ

ザーラと同じ孤児院で育った、ザーラの妹分。顔に大きな火傷があったが、セイの美容クリームで完治。

ザーラ

孤児院育ちだが、今は王家が抱える現役諜報員として活躍中。研究所分室管理人の秘書を務めている。

セイラン

ザイデラの貿易船の船長。彼にセイが自作ポーションを渡したことがきっかけで、テンユウが留学にくることに。

テンユウ

ザイデラの第十八皇子。
母の病を治す手がかりを探しにスランタニアに留学していた。

レイン・スランタニア

スランタニア第二王子。学園の生徒会会長を務めている。

カイル・スランタニア

スランタニア第一王子。一時謹慎処分を受けていたが、学園卒業後は使節団大使としてザイデラに赴く。

1巻のあらすじ

Story line

残業から帰宅した瞬間、突然異世界に飛んでしまった二十代のOL・小鳥遊《たかなし》聖《せい》。

【聖女】として召喚されたものの、この国の王子はセイと一緒に召喚されてきた可愛らしい女子高生――御園《みその》愛良《あいら》だけを連れて部屋を出ていき、セイはその場に取り残されてしまった。

その後、紆余曲折《うよきょくせつ》あったが、日本に帰る方法も分からないため、セイは王宮にある薬用植物研究所で働き始めることにした。

セイは自らが【聖女】であると気付きながらも、それを隠し、ただの一般人として過ごしていた。

しかし、セイの能力はすさまじく、ポーション作製、料理、化粧品作製など、あらゆる面で人々を驚かせてしまう。

作製した上級HPポーションで、第三騎士団団長・アルベルトの命を救ったことを皮切りに、セイは様々な奇跡を起こす。

そうして、王宮では「セイ・タカナシこそが【聖女】なのでは……？」と噂が広がるのであった。

2巻のあらすじ

Story line

宮廷魔道師団からの呼び出しを受けたものの、ひとまず【聖女】だとばれることは避けられたセイ。

宮廷魔道師団師団長・ユーリのスパルタ指導が始まり、忙しくも充実した日々を送っていた。

そして、特訓の賜《たまもの》か偶然か、金色の魔力で再び奇跡を起こしてしまい、いよいよ聖女疑惑が強まる。

しかし、第一王子・カイルは疑惑を否定し、セイと一緒に召喚されたアイラこそが【聖女】だと頑《かたく》なに信じていた。

セイが【聖女】であると周りが確信したのは、セイが同行した魔物の討伐でのことだった。

第三騎士団団長・アルベルトの危機に際し、セイは金色の魔力で、魔物が湧き出る黒い沼を一瞬で浄化したのだ。

その結果、セイを偽物だと断じた第一王子・カイルは謹慎処分を受けた。

異世界に来てから、カイルしか拠り所がなかったアイラも、これを機にセイや学園の友人との関係を築き、平穏な生活を得たのだった。

3巻のあらすじ

Story line

奇跡的な効果をもたらす金色の魔力を発動したため、とうとう本物の聖女と認識されてしまったセイ。だがその〝聖女の魔力〟がどんな条件で発動したのかはわからないまま。

そんなセイに、薬草の聖地への遠征依頼が舞い込む。薬師に弟子入りしたり、傭兵団長に気に入られたり、薬膳っぽい料理を作って振舞ったり、遠征を楽しみながらもポーション作りに精を出しているうち、彼女は先代の【聖女】の手記を見つける。その手記を手がかりに、ついに〝聖女の魔力〟を使えるようになったセイだったが、その条件は、「ホーク団長を思い浮かべる」という、人には言えない恥ずかしいものだった……！

しかし、無事に〝聖女の魔力〟を使えるようになったため、セイも騎士団や傭兵団と一緒に森の調査に向かうことになる。

4巻のあらすじ

Story line

【聖女】の術を扱えるようになったセイは、調査のために貴重な薬草が群生する森に向かった。

力自慢の騎士団と傭兵団に守られ、安心しながら森を進んでいると、現れたのは物理攻撃に強いモンスター『スライム』だった！

苦戦しつつも何とか包囲網を抜け出し、逃げ帰ることができたセイ達は、相性の悪さにどうするべきかと悩む。そこに宮廷魔道師団の師団長・ユーリとアイラが駆けつけた！

強力な援軍の登場もあり、セイ達は無事に森の浄化を終え、クラウスナー領に安寧が戻る。

宴ではセイとアイラも料理を振舞い、傭兵団とも交流が深まって大団円！

だが、セイには気掛かりになっていることが一つあった。それは、スライムによって枯れ果ててしまった森の惨状だった。そしてセイは〝聖女の魔力〟で奇跡の再生を成し遂げる！

こうして全ての役目を終えたセイ達は、別れを惜しまれながらも、晴れ晴れとした気持ちで王都へと帰還するのだった。

5巻のあらすじ
Story line

薬草の聖地クラウスナー領から帰還したセイに、謝礼として珍しい薬草や種が届く。これらを使って新しい化粧品の開発をするセイ。セイのレシピで作った化粧品は世の女性たちに大人気で、新商品が出れば飛ぶように売れてゆく。そして、周りの勧めで、ついにセイの商会を立ち上げることになった。商会の管理をしてくれるオスカー達と出店する王都に視察に行ったところ……この世界に来て初めて、〝コーヒー〟に出会ってしまう！

外国の品に興味を持ったセイは、日本食を探し始める。貿易が盛んな港町に行けばあるいは……と期待に胸を膨らませて向かったが、食材探しの前にトラブルを発見。怪我をした船員を治療するために魔道師を捜し回っている異国の船長と出会って自作のポーションで助けたところ……その国の食材が大当たり！　馴染み深い味噌や米との再会に、セイは大喜びするのだった。

6巻のあらすじ

Story line

王宮に海外から留学生がやってくることになった。
留学にくるのは、ザイデラという国の皇子だという情報を聞き、内心冷や汗を流すセイ。なぜなら、前に港町で助けた船長がザイデラの人間だったからだ。
人助けのためとはいえ、市井に卸していないセイ特製の5割増し上級ポーションを渡してしまったことが、何か悪い方向に働いたのではないか……と勘ぐるも、皇子の目的は【聖女】ではなく、単にスランタニア王国のことを学ぶためとのこと。

念には念を入れ、皇子が薬用植物研究所を訪れる時間を避けていたのに、うっかり出会ってしまった……！
話をするうち、セイは皇子が母親の病気に効く薬を探していることに気づき、日本での知識を活かしてあらゆる状態異常に効果がある万能薬を作り出すことに成功する。万能薬は製作者の名を伏せ、無事に皇子の手に渡ったのだった。

7巻のあらすじ
Story line

【聖女】のお披露目が終わったことで、お茶会や夜会の招待状がセイに届いていた。

そのうち、顔見知りでもあるリズの家で開かれるお茶会に参加をし、色々な領地の特産物について話を聞いたセイは、各領地の特産物を紹介するフードフェスティバルを思いつく。王宮や第二皇子レインの手助けもあり、フードフェスティバルは大成功！　しかし、この活躍でさらにセイへの招待状が増えることになるのだった。

社交の誘いが増える一方で、瘴気浄化の旅は終わりを迎えようとしていた。国内の瘴気が落ち着き、おそらく最後の黒い沼発生地域ではないかと思われる土地――辺境にあるホーク領から要請を請け、セイはアルベルトやユーリと共にホーク領へ向かうことになった。そこでセイは二つの黒い沼を浄化することに成功したのだった。

8巻のあらすじ

Story line

ホーク領での黒い沼浄化を終え、特産品の乾燥ソーセージやチーズに舌鼓を打ち、温泉も楽しんで王都に帰還したセイ。新たに作られた研究所分室で【聖女の術】を用いた薬草栽培に熱心に取り組んだり、薬を製作したりと、研究中心の生活に戻っていく。

日常生活を満喫するセイの周囲では、セイとの縁談話が再熱していた。

ユーリが婚約者最有力候補なのではないかと噂が立ち、貴族社会の難しさに頭を悩ませつつも、婚約相手を考えたときにセイの頭に一番に思い浮かぶのは、アルベルトの姿であった。

アルベルトもゆっくりしてはいられないと立ち上がり、ついにプロポーズ。無事に婚約することが出来たのであった。

聖女の魔力は万能です

The power of the saint is all around.

第一幕　婚約

明るい日差しが差し込む中、今日も今日とてポーションを作る。
作っているのは中級のポーションだ。
けれども、量は今までよりもずっと少ない。
何故《なぜ》なら、騎士団から要請されるポーションの数が減ったから。
やっぱり魔物は減っているようだ。
本当に黒い沼の浄化は終わったんだなぁ。
しみじみと【聖女】の役目が終わったことを実感する。
中級のポーション作りは慣れた作業で、考え事をしながらでも行える。
だから、つい先日のことを思い出してしまった。
沈みゆく太陽の下、輝く氷の木立。
いつもとは違う、華やかな服装の団長さん。
そして……。
「君が好きだ」

脳裏に浮かんだ声に思わず手が止まり、頬がじわじわと熱を帯びる。

クッ！　ダメよ！　ダメ！

思い出しちゃダメ！

今は仕事中‼

未《いま》だに思い出すと嬉《うれ》しさと恥ずかしさが綯《な》い交《ま》ぜになり悶《もだ》えたくなる記憶を振り払うべく、頭を左右に振る。

うっかり思い出したのは、先日の団長さんとのお出掛けのときのことだ。

私達以外誰もいない幻想的な風景の中、団長さんから告白された。

告白だけではない。

結婚まで申し込まれた。

我が身に起こったことながら、未だに信じられない。

けれども、現実にあったことだ。

事実、あの日以降、今までより少しだけ慌ただしい日々を送っている。

世界が変わっても、プロポーズを受けた後にやらなければいけないことが沢山あるのは変わらなかった。

その一つは、相手の家族との顔合わせだ。

元の世界でも、結婚となると両家の顔合わせを行うことが一般的だったけど、こちらの世界でも同じらしい。

むしろ、貴族制度があり、家同士での契約というものを重んじる分、こちらの世界の方がその辺りは厳格だ。

貴族同士の結婚であれば顔合わせは必須で、団長さんの御家族とも会うことになった。

プロポーズされてから、少し時間が経《た》っての顔合わせとなったのは、御家族の皆様が忙しかったからだ。

まぁ、仕方がない。

御両親は辺境伯夫妻として領地で精力的に働いていらっしゃるし、上のお兄さんは軍務大臣、下のお兄さんは宮廷魔道師団の副師団長と、それぞれ王宮で要職に就いている。

当の本人の団長さんも第三騎士団の団長なので、関係者の中では私が一番暇人かもしれない。

それはないだろうって言葉が、聞き覚えのある声で脳裏に再生された気がするけど、多分気のせいだ。

「いよいよ、明日かぁ」

作業を進めながら、明日へと迫った顔合わせについて思いを巡らす。

顔合わせは王都にある辺境伯家の屋敷で、明日の昼に行われる。

場所は団長さんが用意してくれたので、私が準備する必要があったのは、御家族にお渡しする手土産《てみやげ》くらい。

後は、当日に着ていく服くらいしか思い付かなかった。

ただ、他にも何か準備しなければいけないことはあるかもしれない。

何せ、日本とは国どころか世界も違う。

元より、日本の慣習すらまともに覚えていない私が、知らない仕来りがあったとしても不思議ではない。

そう考えた私は、強力な助っ人に頼ることにした。

頼ったのはマナーの講義の先生だ。

日頃からお世話になっていて相談しやすかったのもあるけど、何と言っても専門家だ。

その先生からのお墨付きであれば、何も問題はないだろう。

結果として、その考えは正しかった。

先生はやはりプロフェッショナルで、すぐに必要な準備を整えてくれた。

そして、先生の鶴の一声で、当日の準備は王宮で行うことになった。

やはりというか何というか、この国の貴族の中でも高い地位にある辺境伯家との顔合わせとなると、ドレスを着ていかなければいけないらしい。

ドレスは一人では着られないので、マナーの講義がある日と同様に、王宮で侍女さん達に手伝ってもらわなければならなかった。

ドレスを着るのは苦手だけど、ＴＰＯは大事だ。

だから、今回は抗《あらが》うことなく受け入れた。

珍しく私が大人しく受け入れたからだろうか？

それとも、婚約のための顔合わせに臨むことを聞いたからだろうか？

マナーの先生から話を聞いた王宮の侍女さん達は、いつもよりも更に張り切ってくれた。

普段あまり感情を露《あらわ》にしないマリーさんまで、とても気合の入った様子で、「前日から王宮に泊まり込み準備をいたしましょう」と言ってきたくらいだ。

あまりの勢いに、頷《うなず》く以外の選択肢はなかった。

「王宮に行くのは夕方からで良かったわよね」

顔合わせが明日に迫った今日。

いよいよ、夜から準備が始まる。

間近に迫ってきた顔合わせのことを思うと、緊張もするけど、足下がフワフワとしているような気もする。

講義前の準備とはさほど変わらないのに、対する気持ちは百八十度違うことが何だかおかしい。

「残り時間は……、そう多くないわね」

いい加減、意識を切り替えて仕事に集中した方が良さそうだ。

夕方までの時間でできそうな作業を考えながら、再びポーション作りへと意識を戻した。

そうして迎えた顔合わせの日。

早朝から気合充分だった侍女さん達のお陰で、お披露目会のときと同じくらいに、綺麗《きれい》なジャイ○ンならぬ、綺麗な私が出来上がった。

この日のために王宮が用意してくれたドレスは、レモンイエローの生地の上に白いシフォン生地が何層も重ねられていた。

更に、シフォン生地には同色の白い糸で小花が刺繍《ししゅう》されていて、暖かくなってきた季節にぴったりの華やかさだ。

髪はハーフアップに結われ、白いカーネーションが飾られているのもポイントが高い。

朝からの念入りな準備に少々疲れを感じていたけど、出来上がった姿を鏡で見れば気分は高揚し、疲労も随分と緩和されたように感じる。

身支度が終われば、王宮が用意してくれた馬車に乗り、辺境伯家が持つ王都の屋敷へと向かった。

お屋敷に向かったのは私一人だ。

厳密に言うと護衛や付添人の人達がいるけど、顔合わせの場に臨むのは私だけだ。

本来であれば、後見人も一緒に行くものなんだけど、丁重にお断りした。

それというのも、私の後見人は国王陛下。

忙しい陛下の時間を取ってしまうのが申し訳ないと思ったのが理由の一つ。

もう一つの理由は、陛下と一緒に辺境伯家の人達と顔合わせをすることを想像したら、違和感を覚えてしまったからだ。

もっとも、そう感じるのは陛下だけではない。

他の誰であっても、この何とも表現し難い気持ちは湧き上がるだろう。

だから、一人で行くことにしたのだ。

辺境伯家のお屋敷に到着すると、玄関先にホーク家の人達が勢揃《せいぞろ》いしていた。

団長さんを始めとして、辺境伯夫妻に御兄弟、それに使用人の人達も。

馬車を降りるまでは少し緊張していた。

けれども、その後すぐに皆様が温かく迎えてくださったので、緊張感はどこかに行ってしまった。

そこからの顔合わせは、恙無《つつがな》く行われた。

辺境伯夫妻は領地で既にお会いしていたし、長男の軍務大臣様と奥様も王宮で開いたパーティーでお会いしたことがあった。

次男の宮廷魔道師団の副師団長であるインテリ眼鏡《めがね》様には、仕事で何度もお会いしたことがある。

団長さんとインテリ眼鏡様が普段とは違う、貴族然とした服装だったことに少々面食らったものの、中身は同じだ。

そういう人達ばかりだったからか、昼食会も楽しく過ごすことができた。

昼食会で上ったのは、団長さんと行った討伐の話や、元の世界での生活の話、御家族の話等だ。

日本にいた頃の生活について話していたときに、聞いていた辺境伯夫妻と長男夫妻の笑顔が固まっていたような気がしたのは、多分気のせいだろう。

辺境伯夫人が話してくれた御兄弟の話は、とても面白かった。

軍務大臣様は苦笑い、インテリ眼鏡様は眉間《みけん》に皺《しわ》を寄せ、団長さんは困ったような表情と、三者三様の様子で聞いていた。

そんな三人に少しだけ申し訳ない気がしたけど、あまりにも楽しくて、軍務大臣の奥様と二人で、つい辺境伯夫人に色々な話を強請《ねだ》ってしまった。

そんなこんなで、気付けばデザートまで食べ終わっていた。

「楽しい時間が過ぎるのは早いですわね」

「本当に。申し訳ありません、私《わたくし》まで色々とお話を強請ってしまって」

「構わないわ。貴女《あなた》も私《わたくし》の可愛《かわい》い娘ですもの。でも、まだ話したいことがあるから、続きは居間でしませんこと？」

辺境伯夫人と軍務大臣の奥様が話しているのを聞いていると、辺境伯夫人がこちらを向いて首を傾《かし》げた。

まだ話したいこと？

顔合わせという目的は達成できたと思うけど、他にも何かあるのだろうか？

ともあれ、辺境伯夫人があると言うのなら、話をした方がいいのだろう。

頷き返すと、辺境伯夫人はニッコリと微笑《ほほえ》み、皆に移動するよう促した。

「話したいというのは、今後のことなの」

「今後のことですか？」

居間に移動し、皆の前にお茶と小菓子が供されてから、辺境伯夫人は口を開いた。

今後のことと言われても思い浮かぶ事柄がなく、鸚鵡返《おうむがえ》しにしてしまう。

それに嫌な顔をすることもなく、辺境伯夫人は話を続けた。

「まずは婚約の手続きをしなければいけないでしょう？」

「そうですね。先日、国王陛下に報告に上がった際に、少しお話を伺いました」

「あぁ。アルベルトも言っていたな。陛下がタカナシ様の後見をなさるとか」

「はい。婚約の手続きについては、陛下と辺境伯様とで行う予定だと伺っています」

「分かった。それでは、詳細については陛下と話をすることにしよう」

辺境伯夫妻に伝えた通り、私の婚約に関わる諸々《もろもろ》の手続きは、後見人として陛下が請け負ってくださる。

顔合わせの付き添いは断ったものの、手続きに関しては思うところもなく、また陛下にどうしてもとお願いされてしまったため、頼ることにした。

この国の貴族の御令嬢が婚約するときと同様に、持参金など女性側の親族が準備しなければいけないもの等も全て王宮側が用意してくれるという話だ。

正直なところ、手続きを代わりにしてもらえるだけでもありがたいので、持参金は辞退しようと思ったんだけどね。

陛下は許してくれなかった。

何でも、万能薬の作製やら魔物の討伐やらで私の功績が積み上がっているらしく、そのくせ私が領地や爵位を受け取らないから、報酬の渋滞が起きているらしい。

婚約を機に、その渋滞を少しでも解消したいから是非受け取ってくれと言われてしまうと、断ることはできなかった。

まぁ、持参金というくらいだし、渡されるのは爵位や領地ではなくお金だろう。

手に負えないものでないのであれば、問題はない。

「手続きは貴方《あなた》にお任せいたしますわ。後は、お披露目もしなくてはいけないわね」

お披露目っていうと、婚約のお披露目よね？

後見の話と同様に、婚約のお披露目についても陛下は話していた。

確か、瘴気《しょうき》の問題が片付いたお祝いに王宮で祝賀会を開くから、そのときに私達の婚約発表もすればいいのではないかと言っていたはずだ。

陛下への報告の際には団長さんも一緒だったので、団長さんにも確認してみよう。

そう思って、隣に座る団長さんに声を掛けた。

「ホーク様」

呼びかけた途端、一斉に皆の視線がこちらを向いた。

思わずビクッと体が揺れる。

どうしたのかと一瞬考えるも、すぐに理由に思い当たる。

よく考えなくても、ここにいる人達は全員「ホーク様」だった。

どうしよう？

話をしたいのは団長さんなんだけど……。

この状態をどう収拾すればいいかと悩んでいると、すぐに長男の軍務大臣様が助け船を出してくれた。

「タカナシ様」

「は、はい！」

「これから家族になるんだ。よければ、私のことはヨーゼフと呼んで欲しい」

ヨーゼフ。

ヨーゼフ様。

どこか楽しそうに話す軍務大臣様改めヨーゼフ様に頷くと、今度はヨーゼフ様の隣から声が掛かった。

「まぁ！　それでしたら、私のことはエルフリーデとお呼びくださいませ！」

「ありがとうございます！　では、私のこともセイと呼んでいただけますか？」

「よろしいのですか？」

「もちろんです！」

ヨーゼフ様の隣に座っているのは、彼の奥様であるエルフリーデ様だ。

瞳《ひとみ》を輝かせて名前で呼んで欲しいというエルフリーデ様に、私も笑顔で同じように返せば、彼女は蕾《つぼみ》が綻《ほころ》ぶように可憐《かれん》な笑みを浮かべた。

そして二人の次に続いたのは、この人達だ。

「まあまあ、仲がいいわね！　では、私のことはお義母《かあ》様と呼んでもらおうかしら？」

「なら、私はお義父《とう》様だな」

殊更明るい声で会話に加わったのは、辺境伯夫人で、続いて参戦してきたのは辺境伯様だ。

おとうさまとおかあさま……。

うん、これからのことを考えれば、何もおかしくない要求だ。

ただ、ちょっと照れくさい。

こちらを向いてニコニコと笑顔を浮かべる二人に、頷いて了承の意を返せば、「ずるいですね」と落ち着いた声がする。

声のした方を向けば、真面目な顔をしたヨーゼフ様と視線が合った。

「両親をそう呼ぶのであれば、私のことはお義兄《にい》様と」

「それだと、私と交ざらないか？」

「それもそうだな。ヨーゼフ義兄様の方がいいか」

「あぁ。私はエア義兄様で」

ちょっと待って欲しい。

軍務大臣様と宮廷魔道師団の副師団長様が真剣な顔で相談する内容じゃないわよね？

どういうこと⁉

引き攣《つ》った笑みを浮かべて二人の遣り取《やと》りを眺めていると、ヨーゼフ様がこちらを見て、目元をフッと緩ませた。

えっ？　もしかして、揶揄《からか》われています？

見掛けによらず、ヨーゼフ様って結構お茶目な人なんだろうか？

予想外の事態に落ち着かない気持ちでいると、ヨーゼフ様の視線が横へ逸《そ》れた。

視線の先にいるのは団長さんだ。

長年の付き合いから、言葉はなくとも、何を期待されているかを理解したのだろう。

団長さんの眉間の皺が更に深くなった。

理解はしても、行動には移し難いということかしら？

どれくらい時間が経っただろうか。

長く感じたけど、実際にはそれほど長くはない間が空いた後、団長さんは咳払《せきばら》いをすると、意を決したように口を開いた。

「私のことは、アルと呼んで欲しい」

「アル……」

釣られて復唱した途端、何だかよく分からないけど物凄《ものすご》く恥ずかしくなった。

ただ、名前を呼んだだけなのに。

じわじわと顔が熱くなるのを堪《こら》えていると、顔の温度と比例するように団長さんの口角が上がっていく。

そんな私達の様子を他の人達が生暖かい目で見ていることに気付き、心の中で悲鳴を上げるのは三秒後のことだった。

◆

ホーク家の皆さんとの顔合わせから少しして、王宮に呼び出されることが増えた。

婚約にあたって、ホーク家との細かい遣り取りは国王陛下と宰相様が取り仕切ってくれるものの、私がしなければいけない作業もあったためだ。

主なものは婚約に関する契約書へのサインだ。

サインするからには契約書の内容もきちんと読まなければいけないため、時間が掛かった。

予想以上に契約書の枚数が多かったのよね。

それというのも商会や、商会で取り扱っている化粧品等についても、権利の所在をはっきりさせ

るためにホーク家と契約を取り交わす必要があったためだ。

元々、私が持っていた権利だから、特に契約を交わさなくても大丈夫という訳にはいかなかったらしい。

この辺りは、この国の法律が関わってくるらしいので仕方がない。

一応、一通り目は通した。

けれども、途中、非常に疲れていた時間帯に目を通した契約書に関しては、流し読みになってしまっていたのは秘密だ。

日頃から良くしてくれる陛下と宰相様が用意してくれた契約書だ。

変な内容の物はなかったはずだと、あの二人を信じたいと思う。

そうやって、薬用植物研究所の仕事の合間に婚約に関する作業を進めていると、王宮から夜会の招待状が届いた。

陛下が話していた、異常発生していた瘴気の問題が解決したことをお祝いする夜会だ。

またの名を【聖女】の婚約披露会とも言う。

当然、瘴気の問題を解決した中心人物で、婚約の披露も行う私に欠席の権利はない。

例によって例の如《ごと》く、【聖女】である私が夜会の会場へ入る順番は陛下と同時だ。

陛下の後に続いて扉を潜《くぐ》ると、少し間を空けて会場がさざめいた。

大きな声ではなかったけど、こういう場面で声が上がったことに、一定数の人達に動揺が走ったのがよく分かる。

周りが驚いている理由に心当たりがあるせいで、思わず苦笑いを浮かべそうになったけど、脳裏にマナーの先生の怒った顔が浮かび、頑張って澄まし顔を維持した。

「魔物の氾濫《はんらん》が問題となり始めてから何年も経ったが、最近では魔物の数が少なくなってきたことを皆も実感していることだろう」

会場よりも一段高いところで陛下が話し始めると、驚いていた人達も口を噤《つぐ》んだ。

「長年原因が分からなかった魔物の氾濫だが、近年になって瘴気の塊である黒い沼によって引き起こされていたことが判明した」

そうそう。

魔物の討伐に行った先の、確か、王都の西にあるゴーシュの森で偶然見つけたのが最初だった。

沼から次々と魔物が湧いていたのよね。

あの沼が瘴気でできているって解析したのは師団長様だったかしら?

「原因が分かったのならば、対策すればいい。そう一口で言うのは簡単だが、実際に対策方法を確立するまでに時間が掛かるのは、よくあることだ。黒い沼もそうだ。新たに発見された物で、対処の目処《めど》は立っていなかった」

陛下の言う通り、原因が分かっても、すぐに対策方法が導き出せないこともある。

黒い沼の浄化も、その一つだ。

同じ瘴気の塊である魔物であれば、今まで通り、倒してしまえば良い。

けれども、沼には同じ手段は使えなかった。

どうやって消すかは、解析やらテストやらが必要となるはずだった。

「これらのことを一挙に解決してくれたのが【聖女】殿だった。古《いにしえ》よりの言い伝え通り、【聖女の術】で驚くべき速さで黒い沼も、魔物も消し去ってくれたのだ」

陛下、盛っていませんか？

陛下の言いようだと、私だけが魔物を倒しているように聞こえる。

確かに、黒い沼を浄化したら付近にいた魔物も消えたので、間違いではない。

しかし、一緒に討伐に参加していた騎士さんや宮廷魔道師さん達も魔物を倒していたのだ。

こういう表彰の場では仕方がないことなのかもしれないけど、他の人達の功績を奪ってしまったような気がして、大変居心地が悪い。

頬が引き攣り、表情が崩れそうになるのを何とか耐えている間にも、陛下の話は進んだ。

「ゴーシュの森を皮切りに、【聖女】殿は各地にも赴いてくれた。今日この場にいる皆の中にも、世話になった者がいるだろう」

会場を見回すと、彼方此方《あちこち》で頷《うなず》いている人がいる。

どれも見知った顔だ。

遠征で赴いた地を治めている領主様達だ。

初めて会った領主様達は、表面上は笑顔だったけど、目の奥に険しさがあったり、縋《すが》るような眼《まな》差《ざ》しだったりと、どことなく緊迫した雰囲気を帯びていることが多かった。

今は違う。

皆穏やかな様子で、純粋な笑みを浮かべていた。

きっと、その後も問題なく過ごせているのだろう。

ホッと一安心したのも束《つか》の間《ま》。

そこから語られた内容は割愛したい。

最初に行ったクラウスナー領からはじまり、各地での私の活躍が語られたのだけど、どうして魔物と関係ない事柄も出てくるのかしら⁉

そのほとんどが、食に関わることって……。

穴があったら入りたい……。

恥ずかしい活躍が一通り披露された後、陛下の話は漸《ようや》く締めに入った。

先頃、最後の黒い沼の浄化が終わり、全国的に魔物の発生状況が通常時に戻ったことを確認したことが告げられる。

そして……。

「ここに氾濫の終息を宣言する」

陛下が言葉を切ると、会場中から一斉に拍手が沸き起こった。

目に入る誰もの顔が喜びに溢《あふ》れ、輝いていた。

ここに至るまで色々と大変なこともあったけど、こうして皆が喜べるようになった一助となれたのなら、苦労が報われた気がする。

会場の人達の様子を見ながら、ほっこりしていると、拍手が落ち着いたところで再び陛下が口を開いた。

「今日は、もう一つ喜ばしい話がある」

私にとっては、ここからが本番だ。

陛下の一言で、喜びの声でざわめいていた会場が一瞬にして静まり返り、一部の視線が私の方へと向けられる。

視線の圧力と、ピンと張り詰めた空気に少し息苦しさを感じた。

「先日、【聖女】殿の婚約が整った。相手は第三騎士団団長のアルベルト・ホークだ」

陛下の言葉が切れたところで、会場内が再びざわめいた。

入場したときよりも、声は大きい。

しかし、私の斜め後ろに控えていた団長さんは、全く気にした素振りを見せなかった。

静かに一歩前に出ると、私の隣に並び、会場に向かってお辞儀をした。

普段であれば陛下と同じ壇上に団長さんが上がることはない。

会場に入ったときに声が上がったのは、そんな団長さんが私の後ろから現れたからだろう。

けれども、今日は特別だ。

なんてったって、陛下が告げた通り、私のお、お相手、なの、だから……。

そして、入場時に声が上がった理由はもう一つある。

それは私の格好だ。

今身に着けているのは夜会に相応《ふさわ》しい物ばかりだ。

ただ、分かる人には分かる様相を呈している。

ドレスはいつも通り、王宮が用意してくれた物である。

スランタニア王国では、婚約者ができた後は社交の際に着るドレスやアクセサリー等は男性側が用意する。

しかし、今回はドレスを一から作るには十分な時間がなかったため、予《あらかじ》め王宮が用意していたドレスを着ることになった。

団長さんとお義母様は自分達で用意できないことを非常に残念がっていたけど、これぱかりは仕方がない。

その代わりに、アクセサリーはホーク家が代々受け継いできた、由緒ある物を着けることになった。

なくさないか、非常に、ひじょ――に心配だったけど、お義母様の懇願には逆らえなかった。

お義母様から貸してもらったのは、ブルーグレーの透明な石をメインとした、イヤリングとネックレス、それからブレスレットのセットだ。

メインの石の周りには沢山の無色透明な石が飾られているんだけど、これやっぱりダイヤモンドかしら？

どちらにしても、博物館でしか、お目に掛かれないような代物であるのは間違いない。

翻って、王宮側が用意してくれたドレスは、顔合わせの際に着ていた物と同じように薄いシフォン生地が幾重にも重ねられた物だった。

夜会で着るのに相応しく、顔合わせのときのドレスよりも多くのレースや刺繍《ししゅう》が施されていて、いっそう華やかだ。

加えて言うなら、色はブルーグレーを基調としている。

そう、ドレスもアクセサリーもホーク家の特徴である、団長さんの瞳《ひとみ》の色と同じ色なのだ。

更に加えて言うなら、スランタニア王国では、社交の際に婚約者がお互いの髪や瞳の色の服やアクセサリーを身に纏《まと》うのは一般的なことだ。

ここまで言えば、会場に入った途端に声が上がった理由が分かるだろうか？

今日の私の格好は、全身で団長さんの婚約者であることをアピールしているのである。

入場前に王宮の部屋まで迎えに来てくれた団長さんが目を瞠《みは》って固まったほどの勢いでのアピールだ。

しかも、その後、蕩《とろ》けるような笑顔をいただいてしまったほどのね……。

ドレスもアクセサリーもとても素敵で、恐れ多い気持ちもあるけど、身に着けられるのが嬉《うれ》しくない訳ではない。

団長さんに褒めてもらえたのも嬉しい。

けれども、恥ずかしくないかと問われると……。

クッ……！

「それから……」

入場前からのことを思い出し、心の中で悶《もだ》えていると、陛下が続けて何かを告げようとしていることに気付いた。

あれ？

今日は魔物の氾濫の終息宣言と、私の婚約を発表する場だったはずだ。

他にも何かを発表するという話は聞いていない。

何か緊急に話さなければいけないことでもできたのかしら？

不思議に思って、陛下の方を向くと、続いた言葉に目が点になった。

「第二王子レインの婚約も整った。相手はアシュレイ家のエリザベスだ」

陛下が言い終わった途端に、本日一番の大きなどよめきが起こった。

私だけでなく、多くの人にとっても予想外の発表だったようだ。

いや、それよりも、レイン殿下のお相手って、アシュレイ家のエリザベス？

エリザベス・アシュレイ？

え？

もしかして、リズ！？！？

レイン殿下のお相手が親友であることが漸く理解でき、慌てて会場の方へ視線を向けてリズの姿を探す。

すると、二人はすぐに見つかった。

なんてことはない。

壇のすぐ下に、いつの間にか二人揃《そろ》って並んでいたのだ。

陛下の言葉を受けたからか、会場にいる人達に向かって二人がお辞儀をすると、どこからともなく拍手が起こった。

初めは数人だけだったが、徐々に会場中へと広がる。

そして、周りからの祝福を受けた二人は顔を見合わせると、幸せそうに微笑《ほほえ》んだ。

私はというと、予想外のことに、ただただ呆然《ぼうぜん》として二人を見詰めたのだった。

◆

王宮の一角、気の置けない友人とのお茶会と言えばここ、と言えるほど定番の場所となった庭園

のガゼボで、本日も女子会が開催されていた。

「本当にびっくりしたわ。全然知らなかったもの」

「ごめんなさいね。内々に進められていたものですから」

「そうなんだ。じゃあ、アイラちゃんも知らなかったの？」

「いえ。私は先輩達が噂《うわさ》しているのを聞いて、何となくそうなるのかなって思っていました」

始まってすぐに話題に上ったのは、レイン殿下とリズとのことだ。

祝賀会での二人の婚約発表は、私にとっては寝耳に水の出来事だったけど、アイラちゃんは知っていたらしい。

先輩達というのは、宮廷魔道師さん達のことだろう。

宮廷魔道師団で噂になっていたというのなら、貴族の間では既知の話だったのかもしれない。

あそこは貴族が多いからね。

薬用植物研究所にも、もちろん貴族はいる。

けれども、研究所《うち》で話題に上るのは薬草やポーションのことばかりで、社交に関しての話って、あまりしないのよね。

私だけが世間に疎い訳ではないと思いたい。

「もしかして、結構前から話が進んでいた感じ？」

「ええ。最近、環境が整いましてね。ちょうど祝賀会が開催されるから、そのときに発表しましょうという話になりましたの」

「私と同じ流れだったのね」

「あら、セイもでしたの？」

「うん。大体同じ感じ」

考えてみれば、リズと第一王子であるカイル殿下との婚約が解消された頃から、レイン殿下との婚約は計画されていたのかもしれない。

婉曲的《えんきょく》に確認してみれば、リズが頷《うなず》く。

環境が整ったというのは、根回しをしていたということなんだろう。

そして、発表できる段階になったところで、折しも祝賀会の企画が上がったという訳だ。

この流れ、私のときと同じだわ。

しかし、何故《なぜ》リズとカイル殿下との婚約が解消されたのだろうか？

ふと疑問が浮かんだけど、この疑問については確認することはなかった。

何となく理由が予測できたのと、もしその予測が正しいとしたら、尋ねても教えてはもらえないだろうと思ったからだ。

例えば、婚約解消の理由がカイル殿下の王位継承権がなくなったとかで、継承権を失った理由が【聖女】に不敬を働いたからだったとしたら？

多分、当事者である私には伝えないだろうと思うのよね。

私が気に病みそうだからという理由で。

リズは、そういう気遣いをする子だ。

「リズは祝賀会と兼ねちゃって良かったの？　普通は、きちんと婚約披露宴を開くものだって聞いたけど」

以前から進められていた話ならば、婚約発表を祝賀会とは別に行うこともできたはず。

元の世界では婚約披露宴なんてなかったから、私は特に思い入れはなかったけど、リズは思い入れがあったんじゃないか？

何か他の話をしようと考えたときに、ふと思い付いた疑問を口にすると、リズは微笑みながら首を横に振った。

「問題ありませんわ。王族の婚約は、毎年開催される王家主催の夜会で発表されるのが一般的ですから」

「そうなんだ」

「何度も夜会を開くより、纏《まと》めてしまった方が手間も経費も省けますしね」

「もうリズったら」

続けて口にしたのは、コストが削減できるからなんて妙に現実的な理由。

冗談めかして話しているけど、それが主な理由じゃないよね？

違うと思いたい。

「セイこそ、よろしかったの？　セイなら個別に開いても問題はなかったと思いますけど」

「むしろありがたかったかな。私の後見も王家がしてくれているし、それに何度も夜会に出るのも面倒だもの」

今度はリズから、私の方こそ良かったのかと問い返されたけど、それこそ問題ない。

気の置けない友人しかいないこともあって、正直に答えると、鈴を転がすような笑い声が上がった。

「婚約が発表されましたし、これからは結婚式の準備をするんですか？」

「そうなるのかな？」

一通り笑った後、アイラちゃんがワクワクした顔で尋ねてきた。

婚約披露宴は終わったから、次は結婚式の準備に入るんだろうとは思うけど、周りから聞いていないだけで、他にも何かあるかもしれない。

質問に答えながらリズの方を見遣《みや》れば、思っていたことが伝わったのか、リズが答えてくれた。

「そうですわね。私《わたくし》も来年の春に結婚式を挙げる予定ですから、もう準備には取り掛かっていますわね」

「早くない⁉」

来年の春のいつかは知らないけど、最短でも一年近く時間がある。

それなのに既に準備に取り掛かっていると言われて、思わずツッコむと、リズから呆《あき》れを含んだ視線が返される。

「何を仰《おつしや》っていますの？　会場の準備に、招待する方の調整や、衣装を作るのにも時間が掛かりますのよ？」

「それ、全部自分で決めないといけないのね……」

結婚式の準備なんてやったことがないので、どれくらい大変なのかはよく分からない。

けれども、何となく大変そうなのは理解できる。

会場の準備と一口に言っても、決めなければいけないことは多々あるはずだ。

元の世界では王族の結婚式となれば、国内外から多くの人が招待されていたけど、この世界でも似たようなものだろう。

それら大勢の人のスケジュールを調整するのは、日本の職場で複数部署の飲み会の幹事をやったとき以上に大変なことくらい想像できる。

衣装を作るのは……、正直なところ、よく分からない。

デザインを始めとした大凡《おおよそ》のことは、いつもマリーさん達にお任せだしね。

私がすることと言えば、採寸と仮縫いの際に呼ばれて、付き合うことくらいだ。

でも、一日、二日でオーダーメイドのドレスが作れるとは思えないし、きっとそれなりの時間が掛かるのだろう。

しかも、今回作るのはウェディングドレス。

こちらの世界でも、女性にとっては憧《あこが》れのドレスなので、今までのように全てお任せするということはできなそうだ。

きっと、どのような物がいいか、あれやこれやと確認されるんじゃないかしら？

とはいえ、聞かれたとしても答えられなそうだけど。

日本にいたときは恋愛方面の事柄に縁がなかったこともあり、自分の結婚について考えたことはなかったから、ウェディングドレスや結婚式についても、こうしたいという希望を思い浮かべたこともなかったしね。

ちょっと面倒だけど、聞かれたときのために、今のうちに多少は要望を捻《ひね》り出しておいた方が良さそうね。

今後のことを考えて、少しげんなりとしていると、リズがクスクスと笑い声を上げた。

「一人で全て決める必要はありませんわ。私も周りに手伝っていただいていますもの」

「そうなの？」

「ええ。ドレスのデザインや会場の設《しつら》えについても助言をいただいておりますし、招待客については家と付き合いのある方もお呼びしますから、相談は必須ですわね」

「なるほどね」

完璧令嬢のリズでさえ周りに手伝ってもらっているという言葉を聞いて、少しだけ肩の荷が下りる。

そっか。

ドレスと同じように、会場や招待客についても相談すればいいのよね。

それに「家と付き合いがある」という言葉で気付いたけど、結婚式は私だけのものではない。

団長さんにも関係するものだ。

ならば、ホーク家の方々とも相談した方が良さそうね。

その後もリズから結婚式の話を聞きつつ、今後の予定を頭の中で描いた。

そして楽しい女子会の翌日、早速団長さんに相談しようと思っていたら、思わぬ事態が発生した。

第二幕　外つ国からの報せ

楽しい休日を過ごした翌日は、仕事へのやる気も充分だ。

今日は何から始めようかなと考えながら、研究室へと向かっていると、所長に呼び止められた。

何の用事だろうか？

騎士団か宮廷魔道師団に書類でも届けて欲しいという話かな？

そんなことを考えながら、普段と変わらぬ様子の所長が手招きをするのに応じて、所長の元へと向かった。

「どうしました？」

「呼び出しだ」

「呼び出し？」

所長は私が側《そば》に来るのに合わせて、歩き始める。

歩きながら用件を聞くと、簡潔な答えが返ってきた。

どうやら王宮から呼び出しがあったようで、研究所の入り口に馬車が待っているらしい。

事実、入り口には馬車と共に、呼びに来たと思われる王宮の文官さんが待ち構えていた。

呼び出しと同時に連れて行かれるって、随分と急いでいるみたいね。

緊急の案件が発生したということかしら？

研究所まで呼びに来てくれた文官さんの表情も何だか硬いし。

けれども、事情を知っているかと思われた文官さんも、連れて来るよう言われただけで、用件は知らないらしい。

何はともあれ、呼び出した国王陛下の元へと向かった。

「急に呼び出してすまないな」

「いえ」

「まぁ、掛けてくれ」

陛下の勧めで、いつものように執務室に置かれているソファーに所長と並んで座る。

珍しく宰相様も座ったことから、話が長くなることが窺《うかが》えた。

しかも、極秘の案件らしい。

侍従さんが四人に紅茶を配った後は、人払いがされた。

いつもであれば部屋の中に残るはずの護衛の騎士さん達までもがだ。

所長に視線だけを向けると、所長もいつにない雰囲気に気付いているようで、緊張の色が窺えた。

「ザイデラから緊急の書簡が届いた」

部屋にいるのが私達だけになった所で、陛下が口を開いた。

ザイデラから緊急の手紙？

真っ先に思い浮かんだのは、テンユウ殿下のお母様のことだ。

でも、確か、万能薬で回復したんじゃなかったっけ？

他に心当たりがないこともあり、黙っていると、陛下はそのまま話を続けた。

「現在、ザイデラにいる使節団で病人が出たそうだ」

ザイデラの使節団と言うと、テンユウ殿下の留学でできた交流を機に、ザイデラの文化等をスランタニア王国にも取り入れるために派遣された団体だったっけ？

確か、第一王子のカイル殿下も一緒に行っていたはずだ。

「病人……。流行り病《やまい》でしょうか？」

「それはまだ不明のようだ。手紙が書かれた時点では、患者は一人だったらしい」

病人と聞いて、所長が眉根《まゆね》を寄せて伝染する病気なのかを確認した。

現時点では病に罹《かか》った人は一人で、人から人へ感染するものなのかは不明のようだ。

「一人ですか。それで緊急とは……。何か特殊な症状を引き起こす病なのでしょうか？」

「症状は高熱が出て、頭痛と吐き気があったそうだ。ただ、症状が発生した数日後から意識を失ったままらしい」

「それで連絡を寄越《よこ》したのですか？」

「あぁ。患者の数と症状から判断すれば緊急で連絡を送るほどのことではない。ただ、患者が高位の者だったため、治療ができる者を派遣して欲しいと要請が来たのだ」

ここまで話を聞いて、所長の眉間《みけん》の皺《しわ》が更に深くなる。

陛下が言う通り、風邪のような症状で、患者も一人であるなら、外国から緊急で連絡を送って来るほどのことではないように思える。

元の世界に比べて連絡手段が限られるこの世界では、連絡の遣り取りに時間も掛かるしね。

気になるのは、意識不明のままという所と、今後患者が増えないかという所、それから患者が高位の者という所か。

高位の者ねぇ……。

カイル殿下じゃないわよね？

もしそうだったら、はっきり言われそうだし。

とすると、侯爵以上の家の出の人かしら？

海の向こうへの使節団ということで、各家の嫡男は参加していなかったと思うけど、それ以外の優秀な子女が参加していたはずだ。

優秀で、しかも高位の人が倒れたから、緊急の連絡を送って来たってことなのかな？

「病気の治療ができる者となると、聖属性魔法が使える者を送られる予定で？」

「その予定だ」

どこか詰《なじ》るような口調で所長が問うと、陛下は溜息《ためいき》と共に頷《うなず》いた。

この世界では、病気になった場合は自然に治るのを待ったり、薬草を煎《せん》じた物を飲んだりすることが多い。

次いで多いのが、状態異常回復ポーションを飲むことだ。

元の世界で言えば、病院で処方された薬を飲むようなものだ。

ただ、病気を治す状態異常回復ポーションは上級のポーションばかりだったりする。

材料となる薬草が高価で、作れる人も少ないことから非常に高価だ。

更に、状態異常回復ポーションは症状に合わせてレシピが異なるため、使い勝手が悪い。

そのため、今回のように遠方に何らかの治癒手段を送る場合には、ポーションよりも聖属性魔法が使える魔道師を派遣することが多いのだ。

ポーションよりも魔道師の治療費の方が高くてもね。

なお、聖属性魔法であれば無制限に病気が治せるかというと、そう簡単にはいかなかったりする。

ポーションよりは使い勝手がいいけど、魔法を使う人の聖属性魔法のレベルによって、治せる症状が変わってくるのだ。

それを踏まえると、今回陛下がザイデラに派遣しようとしている魔道師は、それなりに聖属性魔法のレベルが高い人だろうということが予想される。

ちなみに、この国で最も聖属性魔法のレベルが高いのは、間違いなく私だろう。

何てったって、∞《無限大》。

この世界では属性魔法のレベルは10レベルが最大値だと思われているにもかかわらず。

そんな、おかしなレベルであることは誰にも知られていないけど、私の聖属性魔法のレベルが高いであろうことは、今までのやらかしによって周りにはバレている。

だから、今回派遣される魔道師は私である可能性が高い。

こうして呼び出されたこともあって、所長もそう考えたのだろう。

所長が珍しく厳しい声音で陛下を問い質《ただ》したのは、そういう訳だ。

しかし、予想は外れたようだ。

「ただ、今回はポーションも送ろうと考えている」

「状態異常回復ポーションをですか？」

「いや、以前、セイ殿が作った万能薬をだ」

万能薬という言葉が出てきたことに、所長と揃《そろ》って目を丸くする。

確かに、万能薬であれば症状を問わず状態異常を回復することができるだろう。

師団長様の鑑定魔法でも確認したし、テンユウ殿下のお母様も万能薬で快癒したと聞いている。

そして、陛下の後を引き継いで、宰相様が説明してくれた。

要請を受けて、ザイデラには宮廷魔道師さんを送ることにしたのだけど、それで治るかは未知数だ。

そこで治らなかった場合のことを考えて、万能薬も一緒に送ることにしたのだとか。

万能薬の取り扱いについては、既に陛下と宰相様に一任していたのだけど、律儀なお二人は作製者である私の許可を取ることにしたらしい。

「構わないだろうか？」

「もちろんです。是非、使ってください」

万能薬の存在は厳重に秘するという話ではなかったかしら？

まぁ、陛下と宰相様が良いと判断したのなら、否やはない。

元より病気を治すために作った物だ。

遠慮なく使って欲しい。

そう気持ちを込めて頷けば、陛下と宰相様はふんわりと微笑《ほほえ》みを浮かべた。

所長も私が行く訳ではないことが分かったからか、ホッとした表情を浮かべる。

そして、それ以上の話がされることはなく、退室の挨拶をした後、所長と揃って陛下の執務室を後にした。

◆

国王陛下に呼び出された翌日。

王宮で魔法の講義を受けていたときのこと、師団長様が雑談をするかのように気軽に言った。

「そうそう、次回から暫《しばら》く講義は休みになります」

「遠征に行かれるんですか？」

魔法に関することに目がない師団長様にとって、魔法の講義の時間は御褒美タイムだ。

特に実技の時間は【聖女】が魔法を使うところを観察できるとあって、余程のこと——例えば、魔物の討伐でもない限り、講義がお休みになることはなかった。

ということは、魔物の討伐依頼でもあったのかしら？

しかも、暫くということは近所ではなさそうね。

でも、先日、魔物の異常発生の終息宣言が行われたばかりなんだけど……。

内心で首を傾《かし》げながら理由を聞くと、予想外の答えが返ってきた。

「はい。ちょっと、ザイデラまで」

「えっ？　ザイデラ!?」

これまた昨日聞いたばかりの地名を挙げられ、思わず大きな声を出してしまう。

陛下が宮廷魔道師を派遣するって言っていたけど、師団長様が派遣されることになったの!?

「もしかして、聖属性魔法の件で？」

「おや？　セイ様にも御依頼があったのですか？」

「いえ、私の方はポーションの……」

「あぁ。なるほど」

陛下からは極秘の話だと呼び出されたので、相手が師団長様といえども、どこまで話していいかは不明だ。

けれども、師団長様が地名を口にしているなら、魔道師を派遣する話は口にしても問題ないかしら？

そう考えて問い掛ければ、逆に聞き返されてしまった。

万能薬の名前を出さずに、ポーションの件で依頼があったと、ぼかして答えると、詳しい話を聞いていたのか、師団長様は納得したように頷いた。

そうして話を聞くと、やはり聖属性魔法が使える魔道師として、師団長様がザイデラに向かうことになったらしい。

何でも、宮廷魔道師団で師団長様が最も聖属性魔法のレベルが高いから選ばれたのだとか。

前に師団長様は全ての属性魔法を使えると聞いていたのだけど、今日新たに聞いたところによると、その属性魔法のレベルは全て10レベルなんですって。

10レベルって、今現在この世界で属性魔法のレベルの最大値だったよね？

えっ？　全部カンスト？

聞いた瞬間に思い浮かんだのは、やはりという言葉と、廃人という言葉だ。

ちなみに、ここでの廃人というのは、日常生活に支障が出るほどゲームにのめり込んでしまった人のことを指す。

ゲームではないけど、師団長様も魔物の討伐にのめり込んでいるので、廃人と言っても間違ってはいないだろう。

それにしても、師団長様を送り込むなんて、かなり驚いた。

師団長様は最強戦力の一角でもあるから、そうそう国内から出ることはないと思っていたのよね。

魔物の異常発生が落ち着いたから、出られるようになったのかしら？

まぁ、ザイデラは遠くて、そう何度も人を送ったりできないから、最初から一番レベルが高い人を派遣するってのは理に適《かな》っているとは思うけど。

「ザイデラでは、この国にはない魔法もあるそうなので、とても楽しみです」

「そうなんですか？」

病気の人を治療するためにザイデラに向かうことになったはずだけど、師団長様の意識は違うものに向かっていた。

ニコニコと微笑みながら師団長様が口にしたのは、未知の魔法についてだ。

安定というか何というか……。

それでいいのかしら？

まぁ、師団長様に注意したところで無駄になる気はするわね。

敢《あ》えて口は挟まないでおこう。

頭の中でそんなことを考えながら、生温い視線を向けつつ相槌《あいづち》を打つと、師団長様は興奮した様子で話を続けた。

「えぇ！　あちらでは札《ふだ》と呼ばれる、魔法付与をした品があるようで」

「札《ふだ》……」

「紙に特殊なインクを用いて模様を描いた物だそうです。模様によって発動する魔法が違うのだとか」

ザイデラで札と聞くと、脳裏に昔映画で見た中国のお札が浮かんだ。

細部までは覚えていないけど、あんな感じなんだろうか？

札について思いを馳《は》せている間にも、師団長様は目を輝かせて、札について話を続ける。

そして、何かを思い出したように手を打ち鳴らした。

「それに、ザイデラには米料理もあります！」

「確か、ザイデラの一地方で栽培されているんですよね」

「どうやらセイ様が作ってくださった料理以外にも色々あるようで、この機会に是非食べてみたいと思っているのです！」

料理スキルがある人が作った料理には、ＨＰ回復量の増加や物理攻撃力の増加等の効果がある。

料理によって効果は異なるのだけど、米料理は特に魔法に関する効果があるのだ。

そのため、師団長様のお気に入りだったりする。

それら米料理の材料であるお米は、スランタニア王国では栽培されていない。

ザイデラのとある地方で栽培されていて、この世界では米料理もザイデラの料理だ。

中華料理によく似た料理が多いザイデラのことだ。

当然、私が知らない米料理も存在するだろう。

そして、師団長様はそれらの未知の米料理を食べる気満々だった。

それはいいけど、師団長様はザイデラに行く本来の目的を忘れていないだろうか？

今回ザイデラに向かうのは、病気の人を治療するためだ。

大丈夫かしら？

流石《さすが》に、治療を忘れて食べ歩きに終始するなんてことはないわよね？

一抹の不安を覚えつつ、「ちゃんと治療もしてくださいね」と伝えれば、「もちろんです」という頼もしい答えが返ってきた。

うん、大丈夫だと思おう……。


次の日。

ポーションの材料が入った大鍋《おおなべ》を掻《か》き混ぜながら、何とはなしに考えるのはザイデラのことだ。

病気で倒れた人については、後は師団長様にお任せするしかないので、深くは考えない。

師団長様のレベルであれば、主だった症状は聖属性魔法で治療できるらしいから、多分大丈夫だろう。

師団長様との話では、お米の話が中心となったけど、ザイデラにはお米以外にもスランタニア王

国にはない食材がある。

中華料理で使われている野菜やスパイスもあるし、味噌《みそ》や醤油《しょうゆ》等の調味料もある。

テンユウ殿下から聞いた話では、お茶も色々あるようだ。

緑茶のような不発酵茶や、烏龍茶《ウーロンちゃ》のような半発酵茶もあれば、ジャスミンティーのように花の香りを付けた物もあるらしい。

今は主にハーブティーを飲んでいるけど、できれば緑茶も飲みたい。

もちろん、烏龍茶やジャスミンティーも。

とはいえ、輸入品は非常に高価で、簡単に手に入る物ではない。

だから、スランタニア王国でも作れるようにしたかったりする。

ただ、残念ながら作り方を知らないのよね。

現地に行って稲の栽培方法や、味噌の作り方等を調べられるといいんだけど。

そういえば、薬草でも似たような話があったわね。

テンユウ殿下から研究所の視察を受け入れたお礼として、ザイデラ固有の薬草の種や苗が沢山送られてきた。

それらは研究所や分室の畑に植えられたのだけど、環境が合わなかったのか、うまく育たない物もあった。

研究員さん達と一緒に育たない原因を調べているけど、進捗《しんちょく》は良くない。

実際にきちんと育っているところを見たことがないから、調べなければいけないことが多くなっているのが原因だ。

この問題を解決するためにも、育っているところを見てみたいし、可能なら育てている人から話を聞きたい。

欲望は尽きることなく溢《あふ》れ出てくるけど、実現するのは難しいだろう。

何せ、魔法があるとはいえ、元の世界より移動手段が限られているこの世界では、他の国に行くのは難しい。

ましてや、私は【聖女】。

立場的に簡単に外国には行かせてもらえなそうだなとも思う。

それに、やらなければいけないことも沢山あるしね。

筆頭は結婚式の準備だろう。

後見してくれる国王陛下や、ホーク家の人達との調整も必要だから、作業量的にも質的にも比重が重い。

取り敢えず、まずは団長さんと話し合いの場を設けないといけないわね。

後で、約束を取り付けに行かないと。

「よし、できた」

考え事をしている間に、ポーションができた。

慣れってすごいわね。

中級までのポーションであれば、他のことを考えていても問題なく作れるようになったのよね。

後は鍋のまま暫く冷まして、瓶に入れれば完成だ。

鍋を火から下ろして一息吐《つ》くと共に、後ろめたくて隠していた願望が零《こぼ》れ落ちた。

「でも、行ってみたかったな……」

自分以外誰もいない研究室。

誰も聞いていないと思ったからこそ、口にした願望だった。

けれども、一人ではなかったらしい。

「どこに？」

掛けられた声に、見て分かるほど体が揺れた。

慌てて振り返ると、すぐ後ろに団長さんが立っていた。

い、いつの間にっ⁉

◆

「え、えぇ～っと……」

よりにもよって、最も聞かれたくない人に聞かれてしまった。

どう答えよう？

貴族の御令嬢は不測の事態に陥っても微笑《ほほえ》みの仮面に感情を隠さなければいけないらしいけど、私には難しい。

これが社交場であれば、多少引き攣《つ》っていたとしても、微笑むことができるのだけど。

生憎《あいにく》ここは研究所。

自分の陣地かつ、気が緩んでいたところでの出来事で、取り繕うことができない。

驚きと焦りで考えは纏《まと》まらず、視線が左右に揺れてしまう。

そ、そうだ！

「ほ、ホーク様はどうしてこちらに？」

咄嗟《とっさ》に思い付いたのは、質問に質問で返すという暴挙だった。

マナーとしてはいただけない行為だけど、団長さんは嫌な顔をせずに答えてくれた。

「私はヨハンに用事があったんだ。それから、セイに会いに」

フワリと微笑んだ団長さんの攻撃力は高い。

団長さんの笑顔は私の心にクリティカルヒットした。

怯《ひる》んだ私の隙を団長さんは逃さなかった。

「それで、セイはどこに行きたいんだ？」

「うっ、それは……」

結局、口から出たのは何とも言えない言葉だった。

「外国……ですかね？」

「外国？」

「えーっと、昔から外国に一度行ってみたいなって思っていまして……」

何で疑問形？

心の中で自分にツッコんだ。

それでも何とか言葉を絞り出せたのは、日本にいたときからの夢だったからだろう。

旅に出て、色々な風景を見たり、現地の料理を食べてみたりしたいと思っていたのよね。

残念ながら、休日出勤が常態化していた職場に勤めていたこともあって、一度も行けなかったけど。

「ザイデラに行きたくなったのか？」

「な、何で⁉」

団長さんは少し考えてから、先程まで考えていた国の名前を挙げた。

驚いて声を上げると、団長さんは困ったような笑みを浮かべ、声を潜めて教えてくれた。

「近々、ザイデラに第二陣が向かう話は私も知っている。そこから推測したんだ」

団長さんは軍の上層部だ。

どこから聞いたかは分からないけど、師団長様達がザイデラに行くことを知っていてもおかしくはない。

話しぶりからすると、万能薬が送られることも知っていそうだ。

私が国王陛下に呼び出されたことも。

「すみません。ザイデラに行くのは仕事で、遊びに行く訳ではないことは分かっているんですけど、話を聞いたらちょっと行きたくなってしまって」

「謝る必要はない。国の外に出る機会など、ほとんどないからな。外の国に憧《あこが》れがあるなら、そう思うのは自然なことだ」

嘘《うそ》を吐くのは、あまり得意ではない。

ましてや、好意を持っている相手に対して嘘を吐くのは、他の人に対してよりも罪悪感を強く感じるので難しい。

だから、早々に諦《あきら》めて正直に話した。

元より後ろめたかったこともあって、苦笑いを浮かべながら謝罪の言葉を口にすると、団長さんは咎《とが》めることなく、私の気持ちを肯定してくれた。

後ろめたい気持ちが消えた訳ではないけど、団長さんの優しさに、ほっこりと胸が温かくなる。

「ありがとうございます。でも、思うだけです。そんな遠くに行っている場合ではありませんしね」

思うだけで実行するつもりはないのだ。

できる状況ではないとも思っていた。

これらもまた正直な気持ちだ。

心配を掛けたくなくて釈明すれば、団長さんが首を傾《かし》げた。

「どうして？」

あれ？　私変なこと言っていないわよね？

「えっと、あの、これからけ、結婚式の準備も、ありますし？」

結婚式と口にするのが妙に気恥ずかしくて、口籠もってしまった。

余計に恥ずかしさが増して、ほんのりと頬が熱くなり、視線が揺れる。

そんな私の態度に釣られたのか、団長さんも少し恥ずかしそうだ。

「そう、だな。そちらの準備も必要だな」

口元を右手で覆いながら、団長さんは頷《うなず》いた。

「ですよね。式まで一年くらいなら、そろそろ衣装の注文とかもしないといけませんし」

「一年？」

団長さんが肯定してくれたことに促されて、やらなければいけないことを口にする。

この間の女子会でリズから聞いた話では、ドレスが一番準備に時間が掛かりそうだった。

だから、真っ先に衣装の話を挙げたのだけど、団長さんが気にしたのは、そこではなかった。

次は「一年」という言葉が引っ掛かったらしい。

「婚約期間って、最短で一年くらいって聞いたんですけど……」

「あぁ、結婚式の準備にそれくらい欲しいからという話だったか」

怪訝《けげん》な顔をする団長さんに、根拠を提示する。

婚約期間は最低でも一年は必要だという話は、複数の人から聞いた話だ。

団長さんも同じ認識だったようで、顎《あご》に手を添えて少し考え込んだ後に頷いた。

しかし、思うところがあったらしく、徐《おもむろ》に口を開いた。

「だが、それは最短での話だろう？　結婚式は一年以上先でも問題ないはずだ」

「確かに、そうですね」

「なら、ザイデラに行って帰ってきてから準備を始めてもいいんじゃないか？」

「えっ？」

予想外のことを言われて、目を丸くした。

言われてみれば、結婚式を一年後に挙げる必要はない。

今のところ、陛下から結婚式の時期について言及もされていないしね。

団長さんが言う通り、ザイデラに行ってから準備を始めても問題はない訳だ。

もっとも、時期以外にも問題はあると思うので、いくらザイデラに行きたいと思っていても、団長さんの言葉には素直に頷けなかった。

そんな私の心境も団長さんは、まるっとお見通しだったようだ。

「後、セイが気にしているのは、仕事を長期間休んでしまうことだろうか？　それとも、渡航に掛かる費用？　あぁ、身分もか？」

どうして分かるんだろう？

挙げられたものは、ことごとく私が気にしていることばかりだ。

苦笑いを浮かべると、それが回答になったらしい。

団長さんは説得するように話し始めた。

まず、休暇を取ることについては全く問題ないだろうと、あっさりと言われた。

今までが働き過ぎなので、むしろ休暇を申請したら喜ばれるんじゃないかと言われる始末だ。

未《いま》だに周りに気にされるほど働いている自覚がなく、所長からも時折臨時休暇を取れと言われることもある身としては、団長さんの意見に頷かざるを得ない。

続いて、渡航に掛かる費用についても同様に、迷いなく問題ないと太鼓判を押されてしまった。

元の世界と違い、この世界では海外への渡航費用は一般庶民からするととんでもない金額となる。

しかし、今回は国の派遣団と一緒に行くので費用は少なく済むだろうという話だ。

「私が決めて良いことではないが」という前置き付きで、仕事で向かう派遣団に同行するのが気になるなら、陛下に報酬として貰《もら》えばいいのではないかとまで提案された。

先日陛下に呼ばれた際にも言われたけど、私の功績に対する報酬は渋滞が起きていると言われるほどに滞っている。

功績が高過ぎるのも滞っている理由の一つだろうけど、私が陛下達から提案される報酬を断っているのもまた理由の一つだと思う。

そこで、今回の渡航費用を報酬にすれば良いのではないかという話だった。

確かに。

そうすれば、少しは渋滞も解消されそうではある。

ただ、団長さんの見立てでは、陛下に進言したところで報酬にはされなそうだという話なんだけどね。

それというのも、今回のザイデラ派遣の目的がザイデラで倒れた人の治療だからだ。

もしザイデラに行って治療に当たるのなら、お仕事での渡航となり、掛かる費用は全て経費となる。

当然、王宮側としては報酬とは認められないという訳だ。

そこで私が治療に当たらないっていう選択肢はないのかって？

そこは私の性格上、間違いなく治療に当たるだろう。

ついでに言えば、治療には全力で当たるだろうから、必ず治せるだろう。

そう団長さんはきっぱりと言い切った。

私が治せないなんてことは、微塵《みじん》も思っていないようだった。

え？　何その信頼感。

「休暇と費用については問題なさそうだな。後は身分についてだが……」

【聖女】が国外に出ても問題ないのか？

団長さんは私が気にしていたこの問題についても話し始めた。

ただ、この件については言い辛《づら》いことがあったようだ。

立て板に水の如《ごと》く話していた今までとは異なり、時折考えながらゆっくりとした口調で話してくれた。

やはり、私が考えていたように【聖女】が国外に出るのは王宮としては歓迎できないことらしい。

主に問題となるのはセキュリティーの面だ。

国外よりも国内にいる方が守りやすいってやつね。

そして、ザイデラへ誰を向かわせるかという話になったときに、この点が引っ掛かったようだ。

今回の治療に当たって、ザイデラへは最高の人材と物資を送ることは決まっていたらしい。

物資というのは万能薬だ。

では、人材はというと、何も斟酌《しんしゃく》せずに選ぶなら、聖属性魔法のレベルがおかしなことになっている私だろう。

けれども、【聖女】を国外に出すのは問題がある。

そこで次善の策として選ばれたのが師団長様だったそうだ。

「なら、やっぱり私が行くのは難しそうですね」

「セイが希望するのなら、交渉の余地はあると思う」

話を聞いて、残念だけどザイデラに行くのは諦めた方が良さそうだと思った。

しかし、団長さんは諦めるのはまだ早いと言う。

それというのも、誰をザイデラに送るかという話になった際に、私を送るか師団長様を送るかで上層部はかなり悩んだからだそうだ。

故に、私がザイデラ行きを希望し、セキュリティーの問題が解決できるなら、王宮が拒むことはないだろうと団長さんは考えているらしい。

「そうなると、問題は安全対策だけということですか？」

「あぁ。そちらについては案がある」

「どうするんですか？」

「私も一緒に行こうと思う」

「えっ⁉」

思わず耳を疑った。

今、団長さんも一緒にザイデラに行くって聞こえた気がするんだけど、気のせいじゃないわよね？

でも、団長さんには騎士団の仕事があるんじゃないの⁉

「大丈夫。セイを守ることも仕事のうちだから」

考えていたことが顔に出ていたらしい。

私の困惑を見て取った団長さんは、私が気に病まないように思い遣《や》ってくれたのか、仕事だからと言った。

確かに、【聖女】を守ることは王宮の騎士の仕事だとは思う。

けれども、騎士団長の仕事はそれだけではないはずだ。

私の我儘《わがまま》に付き合わせて、他の仕事を放り投げさせてしまうのは非常に申し訳ない。

だから、思い留《とど》まるように、尚も言い募ろうとしたのだけど……。

「それに、私がセイの願いを叶《かな》えたいんだ」

「うっ……。わ、分かりました。ヨロシクオネガイイタシマス」

団長さんはニッコリと、有無を言わせないような笑顔を浮かべて言った。

いつもよりも笑顔の圧が強い。

元より、私が願ったのが始まりだ。

流されやすい性格をしていることもあり、もう反論はできなかった。

そうして、団長さんが陛下達に交渉してくれた結果、晴れて無事に私はザイデラへと行くことになった。

舞台裏

その報《しら》せが届いたのは、魔物の異常発生が終息した祝いの夜会が行われて数日経った日のことだった。

宰相宛《あて》の手紙はザイデラへ派遣している使節団から届いた物だ。

緊急を知らせる印が付いたそれを、従僕はすぐさま宰相の元へと運んだ。

封蝋《ふうろう》を丁寧に剥《は》がし、手紙の内容を読んだ宰相の眉間《みけん》に皺《しわ》が寄る。

そして、宰相は手紙を読み終わるや否や椅子から立ち上がり、国王の執務室へと足を向けた。

国王の執務室に入ってきた宰相の態度は、一見すると普段と変わりなかった。

しかし、長年の付き合いから、国王は宰相の雰囲気がいつもと異なることに気付いた。

何か良くないことがあったようだ。

そうした国王の予感は、宰相が人払いをしたことによって確信に変わった。

「何があった？」

「まずはこれを」

国王は執務の手を止め、宰相から差し出された手紙を受け取り、中身に目を通した。

左右に動く国王の視線は、ある所で一瞬止まったが、すぐに再び動き出した。

最後まで目を通した国王は、深く息を吐き出した。

「使節団で病人が発生した、か……」

「はい。症状は頭痛、高熱、吐き気で、後に意識を失ったままになるとか」

「流行り病だろうか?」

「倒れた者は一人で、他に同様の症状が出ている者はいなかったようですが、手紙が出された後に増えている可能性はありますな」

「現時点では不明ということか。風土病かどうかも、この手紙では分からないか……」

「仰《おつしや》る通りです」

宰相と二、三遣り取りをした国王は、何かを見透かすかのように目を細めた。

「慌てて寄越《よこ》したのだろうが、あまりにも情報が少ないな」

「はい。それに、少々気になる点もございます」

「何だ?」

宰相の言葉に、国王は手紙から視線を上げた。

国王の意識が自身に向いたのを合図に、宰相が気になった点を挙げる。

状況を鑑みれば、それは些細《ささい》なことではあった。

常であれば使節団の責任者から送られてくるはずの手紙は、今回は違う相手から送られてきた。

それなりの地位にある者ではあるが、副責任者でもない者から送られてきたのだ。

とはいえ、あちらの状況を考えると、普段とは異なる者から手紙が送られてきても、それほどおかしなことではない。

もう一つ気になったのは、手紙を届けた船だ。

定期的に送られてくる手紙は常であればスランタニア王国籍の船で運ばれる。

しかし、手紙を持ってきた従僕の話によると、今回はザイデラに属する商船が運んできたということだった。

これも差し迫った状況で送られてきたことを考慮すれば、理解できることではある。

「手紙の封蝋は？」

「封蝋は正規の物でした。開けられた形跡もございません」

「それでも気になるか……」

手紙の封蝋は差出人の証明や、覗《のぞ》き見《み》、改ざんの防止としても使われる。

封蝋に使われていた紋章は、確かに送り主の物で相違なく、封蝋の状態も良好で、途中で中身を改ざんされた様子もなかった。

けれども、宰相はどうにも引っ掛かるものを感じていた。

勘ではあるが、宰相の長年の経験によるものを信頼していた国王は、手紙が偽造されていた場合について考えを巡らせた。

全く偽の報せであるならば、放置しても問題はない。

ただ、国王が対応を迷う事情が手紙には書かれていた。

「倒れた一人というのが問題だな」

「はい」

国王の重苦しい声に、宰相も神妙な顔で答える。

ザイデラからの手紙には病に倒れた人物の名前も載っていた。

国王は手紙のその部分に視線を戻し、眉間に皺を寄せる。

そこには、国王の息子で、第一王子であるカイルの名前が記載されていた。

国を統べる者として、いざとなれば息子を切り捨てる覚悟はあったが、カイルは亡き妻が残した大事な息子の一人でもある。

現時点では手紙を見ぬ振りをできるほどの判断材料は存在せず、国王の心は助けを送るべきかどうかで揺れた。

「手紙の真贋《しんがん》を確認したくとも、遣り取りに時間が掛かる」

「どちらにしても、ザイデラには魔道師を派遣した方がよろしいでしょう。手紙の内容が本当であれば、確認している間に病人の容体が悪化しないとも限りませんし、他に感染者が現れないとも」

決断を下すために、国王が思い付いたことを口にし、考えを纏《まと》めようとすると、言葉を拾った宰相が魔道師の派遣を提案した。

色々と理由を付けてはいるが、迷う国王の心情を汲《く》み取った上の発言だ。

宰相の心遣いに気付いた国王は口の端をかすかに上げ、心の中で感謝しつつ、宰相の提案に乗った。

「そうだな。誰を派遣するかだが、病を治せる聖属性魔法が使える者となると限られるな」

魔道師を派遣するとして、次に問題になるのは誰を派遣するかだ。

患者が実の息子であれば、親としては最善を尽くしたくなるのは当然だろう。

しかし、そこに問題がある。

スランタニア王国で最も聖属性魔法が得意な者は【聖女】だからだ。

様々な問題があり、この世界では国王が自国の外に出ることは非常に稀《まれ》だった。

もし国王が国外に出るとなれば、問題を解決するために、安全対策のための護衛やら何やら、多くのものが必要となる。

国王と同等の地位にある【聖女】も同様だ。

加えて、【聖女】は世間一般に知られている瘴気《しょうき》の浄化以外にも高い能力を有している。

万が一、国外で失うことがあれば、国が被る損失は計り知れない。

故に、国王も宰相もセイが国外に出ることには消極的である。

もっとも、それ以外にも理由はあった。

「治療だけであれば、セイ様にお願いするのが最も確実でしょうが、手紙が偽物だった場合を考え

らったのだから」

「それもあるが、そもそもセイ殿に依頼するべきではないだろう。彼女には既に本分を果たしてもらったのだから」

セイがこの世界に召喚されたのは、濃くなり過ぎた瘴気により異常発生した魔物を倒すためだ。

スランタニア王国で行われた【聖女召喚の儀】によって、同意なく喚《よ》び出されたため、セイに魔物を倒す義務はない。

けれども、セイは騎士や宮廷魔道師と共に王国各地に赴き、【聖女の術】で魔物を際限なく発生させていた黒い沼を浄化していった。

先日、遂には最後の黒い沼を浄化し終え、これによりスランタニア王国は魔物の脅威から救われたのだった。

国王が言う通り、セイは【聖女】としての本分を果たしたのである。

幼い頃から国を背負う者として育った国王は、義務や責任がどういうものであるかを、誰よりも良く理解していた。

故に、王侯貴族でもなく、元より、この世界の人間でもないセイが【聖女】としての役割を全うし、スランタニア王国を救ってくれたことに非常に感謝していた。

同時に、魔物の討伐以外の責務をセイに課すことに否定的だった。

この世界に喚び出されたためにセイが失ったものを補填《ほてん》することも、功績に見合うだけの報酬を用意することもできないと考えていたからだ。

「ならば、ドレヴェス師団長を向かわせることにいたしましょう。聖属性魔法にも長《た》けておりますし、あの者なら少々の荒事が起きても、問題なく対応できるかと思われます」

「荒事か……。起こると思うか？」

「手紙が偽物だった場合のことを考えると、ないとは断言できませんな」

「偽物だった場合か。目的は何だと思う？」

「さて。【聖女】様ではないと思いますが……」

病気の治療を理由に誘《おび》き寄せることができるものとして、二人が真っ先に思い付くのは【聖女】だ。

けれども、宰相はすぐに【聖女】を候補から外した。

ザイデラの使節団が【聖女】について詳しく知らなかっただろうことが、その理由だ。

ザイデラから使節団がスランタニア王国を訪れた際には、【聖女】の能力については箝口令《かんこうれい》が敷かれた。

それもあって、一般的に知られている【聖女】が魔物の討伐に有能であること以上の情報はザイデラ側には知られていないはずだった。

また、【聖女】の容姿についても詳細は秘されていた。

ザイデラの使節団の前に公に姿を現したのも一度だけで、更にそのときには白いベールを頭から被り、顔貌《がんぼう》がはっきりと見えないようにされていたのだ。

だからだろうか。

テンユウの母親の治療方法を見つけるためにスランタニア王国に来たにもかかわらず、使節団は【聖女】に興味を持つ素振りを見せなかった。

使節団が最も興味を示したのは、薬用植物研究所で作られるポーションだ。

「そうなると、目的は万能薬か」

「その可能性は高いでしょう」

国王の言葉に宰相は首肯した。

万能薬は特殊な状態異常回復用のポーションだ。

一本で、あらゆる症状の状態異常を治すことができる画期的な物だ。

一般的な状態異常回復用のポーションは症状に合わせてレシピが異なり、複数の症状を治そうとする場合はそれぞれの症状に合わせたポーションが必要になる。

そのことを考えれば、万能薬がどれほど価値のある物か理解できるだろう。

そんな万能薬は、テンユウの母親を治療するために作られた。

治療方法を探し求めていたテンユウに絆《ほだ》されて、セイが新たに開発したのだ。

「予想通り、テンユウ殿に渡した物に目を付けた者が出たな」

「万能薬の来歴を誤魔化しておいたのが功を奏しました」

「あぁ。作製者に目を付けられるのだけは避けたかったからな」

万能薬は国王の手からテンユウの元へと渡った。

ただし、宰相が言ったように、セイが作った物であることは伏せられた。

万能薬には【聖女の術】で作られた材料も使われていたからだ。

【聖女】の能力をできる限り秘匿したかった国王達は、万能薬の来歴を誤魔化すほかなかった。

そして、テンユウには、王家に代々伝わっていた貴重なポーションで、今では作ることができない物だと説明したのだ。

「テンユウ殿には三本ほど渡したが、こちらにもまだ残っていると思われたか」

「当然でしょうな。あれほど貴重な物を、何の見返りもなしに全て吐き出したとは思われますまい」

「まったくだ。ならば、此度《こたび》の派遣では、万能薬も持って行かせた方がいいか」

「取られたとしても、あちらが満足して手を引いてくれるのであれば、問題は片付きますしな。それに万能薬を狙ってきた者を捕らえられれば、あちらへの貸しにもできましょう」

「そうだな。【聖女】殿に目を向けさせないためにも、万能薬を活用することにしよう」

こうして、ザイデラには宮廷魔道師団の師団長が万能薬を携えて赴くことになった。

しかし、この話し合いが持たれた数日後、国王達のセイへの気遣いは無用となった。

第三騎士団の団長であるアルベルトから、セイがザイデラ行きを希望していることを伝えられたためだ。

安全面を考慮すると、セイの要望は受け入れ難い。

けれども、ザイデラからの手紙が本物であるなら、セイ以上の適任者はいない。

国王達は悩んだが、アルベルトの説得もあり、最終的にセイのザイデラ行きが決まった。

第三幕　旅程

ザイデラに行きたがっていたことが団長さんにバレてしまった翌々日。

王宮から文官さんがやってきて、ザイデラに行けることになったと伝えられた。

団長さん、仕事が速い！

流石《さすが》できる男は違う！！！

思わず脳内で褒めそやしてしまったくらい、私のテンションはダダ上がった。

すぐさま準備は整えられ、あっという間に私は船上の人となった。

初めての船旅は、想像していたよりも快適なものだった。

移動に使われた船は、元の世界では一昔前の帆船だ。

だから、結構揺れるんじゃないかと思っていた。

けれども、予想に反して、ほとんど揺れなかったのだ。

海が穏やかだったのが良かったのかもしれないし、元の世界にはなかった魔法で何かしらの対策がされていたのかもしれない。

魔道師さん達が色々と慌ただしく働いていたしね。

先日話した通り、今回の旅には、もちろん団長さんも同行した。

有言実行。

私の護衛として付いて来てくれることになったのだ。

むしろ、団長さんが護衛に付くことが私のザイデラ行きの条件の一つだったらしい。

そして、条件として提示された護衛はもう一人いる。

御存じ、この方だ。

「魔物、出ませんねぇ」

いかにも暇だという風に呟《つぶや》き、私の方へ意味深な視線を寄越《よこ》したのは師団長様だ。

彼もまた、私の護衛であり、隠《かく》れ蓑《みの》だ。

隠れ蓑というのは、ザイデラ行きのもう一つの条件が関わっている。

もう一つの条件というのは、私の身分を隠すことだ。

そのため、今回は【聖女】でも、薬用植物研究所の研究員でもない身分が与えられた。

私に与えられたのは、師団長様の側付きという身分だ。

また、私の身分が変わった影響で、団長さんにも師団長様の護衛という仮の身分が与えられた。

師団長様に護衛がいるのかと疑問に思ったけど、私達三人が常に一緒にいるための措置なので、そこはスルーした。

仮の身分が与えられたのは、私がザイデラで誰かを癒やしても、表向きは全て師団長様が癒やしたことにするためだ。

ザイデラでの注目を師団長様に集め、私を目立たなくするための策らしい。

もちろん、国王陛下や宰相様には本当のことが報告され、治療の対価もきちんと私に払われると聞いている。

そこは安心して欲しいと、陛下も言っていた。

「そうですねぇ」

師団長様の視線に込められた意味は何となく察したけど、意図してやっている訳ではない。

周りの魔物がいなくなってしまうのは自分の動作で発動させるアクティブスキルじゃないのよ、常に効果が発揮され続けるパッシブスキルなの。

ゲームの用語を用いて、そんな言い訳を脳内で繰り広げながら、視線の意味に気付いていない振りをする。

ただ、視線を逸《そ》らしてしまったので、誤魔化しきれていない気はした。

「海の魔物はどのような物か楽しみにしていたのですが」

「出ないに越したことはないだろう？」

残念そうな師団長様を宥《なだ》めるのは団長さんだ。

宮廷魔道師団であればインテリ眼鏡《めがね》様の役目なんだろうけど、残念ながらインテリ眼鏡様はお留守番だ。

そうなると、側付きの役目になるはずなんだけど、大抵私よりも先に団長さんが動くのだ。

もしかして、インテリ眼鏡様から託されたのだろうか？

私の護衛に、師団長様のお守《も》りと、団長さんの気苦労は計り知れない。

我儘《わがまま》を通した上に、仮に与えられた身分とはいえ、役目も果たせていないのは、結構、かなり申し訳ない。

「一般的にはそうでしょう。でも、海上に出る機会はほとんどありませんから、今回はいい機会だったのですが」

「出ないと言っても全く出ない訳ではないだろう？　ほら、来たぞ」

尚《なお》も未練タラタラに、口を尖《とが》らせる師団長様だったけど、団長さんの言葉で船縁《ふなべり》から身を離した。

その直後、横から大きな影が飛び出した。

「『アイスランス』」

師団長様も何かが近付いていたことに気付いていたのだろうか？

表情を変えることなく、また気負った風もなく詠唱を口にした。

途端に、翳《かざ》した掌から大きな氷の槍《やり》が射出され、槍は影の本体に吸い込まれる。

そして、槍によって軌道を逸らされた影は、予想された着地点から大きく外れた場所に落ちた。

大きな音を立てて甲板の上に落ちたのは、上顎《うわあご》が銛《もり》のように長く伸びた全長四メートル程の魚型の魔物だ。

元の世界にいたカジキによく似ている。

食べられるなら、鉄火丼擬《もど》きが作れただろう。

けれども、これは魔物だ。

息絶えると共に、甲板の上から消え失せた。

「相変わらず、いい腕っすねー」

感心しているのか、呆《あき》れているのか。

よく分からない声音で呟いたのは商会のオスカーさんだ。

【聖女】の商会の人間とはいえ、何故《なぜ》一般人であるオスカーさんが公的な使節団に同行しているのか？

もちろん、ちゃんとした理由がある。

使節団に商会の人間を派遣するよう、王宮から依頼があったからだ。

今回ザイデラに行くのは使節団に発生した病人の治療のためだけど、治療だけで済ませてしまうのは少々旅費が勿体《もったい》ない。

折角なので、スランタニア王国にはない有用な物を探し、あれば入手する伝手《つて》も作ろう。

そう考えた王宮の人達は、オスカーさんに白羽の矢を立てたらしい。

日本では主食だったお米や、味噌《みそ》等の調味料を輸入する関係で、私の商会はスランタニア王国の中で最もザイデラとの取引が多い商会だ。

それもあって、私の商会の人間が選ばれたんだとか。

私への忖度《そんたく》も多少はあったかもしれない。

「軽く倒してますけど、今のヤツ、結構強いですよね？」

コソコソと小さな声でオスカーさんに話し掛けるのは、分室から来たメイさんだ。

普段は料理人見習いとして働いている。

こちらも王宮からの要請で、使節団に参加することになった。

スランタニア王国とザイデラでは料理の趣が異なるので、ザイデラの料理に慣れない人達のために使節団に料理人を同行させることになり、選ばれた。

メイさん自身、好奇心が旺盛《おうせい》な人らしく、ザイデラの料理にも興味津々で、仕事ついでに覚えて帰りたいと言っていた。

「陸地だと中ランクくらいだろうけど、海上だからねー。陸地より倒すのは大変かな」

「全然、大変そうに見えませんでしたけど」

「ドレヴェス様だからね」

「あぁ……」

陸の魔物より、海の魔物の方が二割増しで倒し難《にく》いと言っていたのは師団長様だったか。

二人の話を聞いていて思い出した。

実際のところ、海の魔物の倒し難さは二割増しどころではないらしいけどね。

海の魔物は陸よりも大きい物が多く、かつ、討伐する側は揺れる船の上から攻撃する場合が多いから、討伐の難易度は跳ね上がる。

カジキの魔物は海の魔物の中では中位であるとはいえ、あれほどあっさり倒した師団長様は規格外だ。

故に、魔物の討伐に関して、師団長様の基準は普通の人には当てはまらない。

「あら。魔物が出たんですか？」

「あ、姉さん」

おっとりとした声がした方を向くと、分室から参加したもう一人、ザーラさんがこちらへ向かって歩いてくるのが目に入った。

私と同じくザーラさんを目に留めたメイさんが声を掛ける。

姉さんと呼んでいるけど、別に二人は血の繋《つな》がった姉妹ではない。

メイさん曰《いわ》く、幼い頃から姉妹のように一緒に育ち、自然と姉さんと呼ぶようになっただけだそうだ。

ザーラさんもメイさんと同じく、王宮からの要請で使節団に加わった一人だ。

分室では管理人さんの秘書をしているのだけど、今回は師団長様の秘書として同行することになった。

もちろん、それは表向きの役目だ。

実際は、私の身の回りの世話をするために参加することになったそうだ。

研究所では自分のことは自分で行っているから、お世話をしてくれる人を態々《わざわざ》付けてもらう必要はないと思うんだけど。

そう思って、一度は断ったものの、文官さんから何かあるといけないからということで押し切られた。

お世話をしてくれる人が必要になる何かって、何だろう？

ドレスを着る機会があるかもしれないとか？

治療目的の旅でそんな機会があるとは思えないけど。

ともあれ、折角一緒に行くことになったのだ。

この機会にザーラさんやメイさんと親睦《しんぼく》を深めようと思う。

「はい。ドレヴェス様がサクッと倒してくれましたけど」

「流石ですわね」

「ほんとに。ところで、何か御用でしたか？」

「ええ。そろそろ風が冷たくなってくる頃ですから、良ければ温かいお茶でもいかがかと思いまして、お誘いに来ましたの」

「いいですね！　是非！」

ザーラさんの疑問に答えるついでに、こちらへ来た用件を問えば、素敵なお誘いをいただいた。

日が落ちて来ると、甲板に吹き込む風は冷たくなる。

まだ日は高いけど、ザーラさんが言う通り、先程よりは肌寒くなってきたように感じる。

そこに温かいお茶のお誘いは魅力的だった。

満面の笑みで頷《うなず》けば、ザーラさんもニッコリと微笑《ほほえ》んでくれた。

「他の人達も誘ってもいいですか？」

「もちろんですわ」

ザーラさんからのお誘いだったけど、他の人達も誘っていいか尋ねてみた。

普段は顔を合わせる機会が少ない面々だ。

折角なので、こういう機会に交流を深めるのもいいだろう。

ザイデラに着いたら、一緒に働くことになるんだし。

ザーラさんも同じ考えだったのか、それとも、私の考えを察したのかは分からないけど、私の申し出を快く承諾してくれた。

そして、他の人達も誘って、楽しい楽しいティータイムを過ごすことにした。

◆

そろそろザイデラに到着するという連絡を受けて、私達は船室から甲板へと出た。

今日の天気は晴れ。

吹き抜ける風は多少涼しく感じる程度で、光を反射して輝く水面がとても綺麗《きれい》だ。

そして、呼びに来てくれた人の言葉通り、船は港の近くまで来ていた。

遠目に見えるザイデラの町並みは、古い時代の中国を感じさせるものだった。

建物の窓や柱に、中国の建物っぽい飾りが施されているからだろうか。

屋根に葺《ふ》かれている黒光りする瓦《かわら》は、古い日本家屋を思い起こさせて、どこか懐かしく感じる。

少し離れた一角には、趣が異なるスランタニア王国で見るような洋風の建物もあった。

あちらは他の国に属する商会の建物だろうか。

もしかしたら、スランタニア王国の建物もあるかもしれない。

「変わった建物が多いな」

「異国に来たって感じがしますよね」

ぼんやりと町並みを眺めていると、隣に人が立つ気配がした。

誰だろうかと横を向けば、団長さんだった。

思っていたよりも快適な旅だったけど、団長さんといえども慣れない生活は疲れたのかもしれない。

呟《つぶや》く声は、どことなく安堵《あんど》しているような感じがする。

その言葉に頷きながら、再び視線を町の方へと戻した。

「港に着いた後は、また移動でしたっけ？」

「あぁ。ここから帝都へは馬車で移動になる」

団長さんが言う帝都というのは、ザイデラの首都だ。

皇帝がいる都だから、帝都と呼ばれるようだ。

目の前に見える町はスランタニア王国で言えばモルゲンハーフェンのような港町らしい。

使節団は帝都にいるため、ここから更に馬車で移動が必要になる。

帝都までは一日も掛からない距離のようで、朝出発すれば夕方には着くらしい。

只今《ただいま》の時刻は昼前。

帝都に向かうには少し遅すぎるということで、今日はこの港町に一泊して、朝になってから帝都へ出発することになった。

「うわっ、まだ揺れてる感じがする！」

「あら、ほんとね」

船から降りて地面に足を着ける。

久しぶりの陸地にホッとするものの、長いこと揺れる環境にいたからか、船から降りても体が揺れているような気がした。

そう感じたのは私だけではなかったようだ。

一緒に降りたメイさんも、私が感じたのと同じ内容を口にした。

それに同意したのは、ザーラさんだ。

皆、同じらしい。

そう思ったのも束《つか》の間《ま》、考えていたことはすぐに覆された。

「陸酔《おかよ》いだね。暫くしたら落ち着くよ」

「明日には治まっているでしょうか？」

「もしかしたら二、三日掛かるかもね。治すコツがあるらしいから、後で教えるよ」

「ありがとうございます」

ザーラさんとメイさんに続いて船を降りてきたオスカーさんは平気なようだ。

いつも王都の商会にいるイメージがあるから、船旅に慣れているとは思わなかったんだけど。

もしかしたら、かつて働いていた商会で船に乗ることが多かったのかもしれないわね。

「大丈夫か？」

「あっ！　はい、大丈夫です」

ぼんやりとメイさん達を眺めていたからか、団長さんに心配を掛けてしまったらしい。

団長さんは顔色を窺《うかが》うように、私の顔を覗《のぞ》き込んだ。

急な接近にドキリと胸が音を立てる。

頬がほんのりと熱くなるのを感じ、これ以上顔が赤くならないよう祈りながら、慌てて返事をした。

「不調を感じたら、すぐに言ってくれ」

「ありがとうございます。ちょっと、まだ揺れている感じがしますけど、大丈夫ですよ」

「そうか。なら、そろそろ宿へ移動しようか」

「分かりました」

団長さんが向かった先には、数台の馬車が止まっていた。

国が違えば馬車の趣も異なるらしい。

町並みと同じく、馬車の外観も異国情緒漂う物だった。

宿まではこれで移動するようだ。

師団長様は既に馬車へと向かっていて、前方で腕を上げて背伸びをしているのが見えた。

それにしても、団長さんも師団長様もいつもと変わりがない。

オスカーさんと同じく、二人も平気なのかしら？

もしかして、揺れを感じないようなコツがあるとか？

後で聞いてみようかな？

そんなことを考えながら、馬車へと乗り込んだ。

案内された宿では、ゆっくりと休むことができた。

グッスリと眠れたお陰で、翌朝も元気一杯に目覚めたのだが、一番元気だったのは師団長様だ。

朝からテンションが高く、絶好調だった。

それも仕方がない。

だって、朝ご飯が中華風のお粥《かゆ》だったんだもの。

米料理に目がない師団長様が、はしゃいでしまったのも無理はない。

「セイ様！」

「な、何ですか？」

「この料理に使われている物、もしや米ではないでしょうか？」

朝食の席で、大きな声で呼ばれて、体が揺れた。

呼んだのは師団長様だ。

つっかえながら聞き返せば、料理の材料を問われた。

其々《それぞれ》の目の前に置かれたどんぶりに盛られているのは、お粥だ。

見た目からも分かるけど、料理を供してくれた宿の人もお粥だと明言していた。

だから、料理の多くを占める白い粒の正体はお米だろう。

「もしかしなくても、お米だと思います」

「やっぱり！」

肯定すると、師団長様は目を輝かせた。

聞くところによると、お粥は、この辺りでは一般的な朝食らしい。

珍しくはあるけど、日本でも朝食にお粥が用意されているホテルはあったので、お粥だと言われても懐かしいと思うくらいで、特に不思議に思うことはなかった。

けれども、他の人は初めて目にした料理だったようだ。

「セイ様は、この料理を御存じで？」

「はい。故郷にもありましたから」

「初めて伺いましたが？」

「そうでしたか？　研究所でも一度作りましたけど」

「研究所で……。もしかして、米と水だけで作ったアレですか？」

「そうです。それです」

少し咎《とが》めるような声音で師団長様は言うけど、師団長様が米料理に取り憑《つ》かれたばかりの頃、頼まれて研究所でも作ったことがある。

あのときに作ったのは日本のお粥だ。

元々食べる機会が少なかったから、師団長様に頼まれるまで作ったことはなかった。

食べるのは大体体調が悪いときで、そういうときは自炊する気力もなく、コンビニでレトルトを買って済ませていたし。

そういう訳で、うろ覚えのレシピで作ったけど、問題なく作れたと思う。

ただ、師団長様の期待に応えられるほどの効果がなかったってだけの話だ。

だから、師団長様も今の今まで忘れていたのだろう。

「前に作った物は、これとは違った感じだったのか？」

「はい。以前作ったのは故郷のお粥で、こんなに色々な具は入っていなかったんです」

「故郷のというと、これは違うのか」

「こちらは、隣の国の物に近いですね」

次に声を掛けてきたのは団長さんだ。

師団長様との遣《や》り取《と》りを聞いていて、疑問が浮かんだらしい。

研究所で作ったときの材料は米と水だけだった。

対して、目の前にあるお粥は、以前食べたザイデラの料理と同様に、中華風の物だ。

お米の他に鶏肉やネギ等が入っている。

茶色の煮凝《にこご》りっぽい物はピータンだろうか？

深緑色の黄身っぽい物も見える。

日本にいた頃に雑誌か何かで見たことはあるけど、食べたことはないのよね。

どんな味なのかしら？

未知の味にドキドキしながら、匙《さじ》でピータンを掬《すく》って口に運ぶと、モニュモニュとした食感に、ゆで卵の黄身っぽい味が口に広がった。

「こちらの料理はＨＰとＭＰの自然回復量が上がるようですね。しかも、上昇値が高い！　実に素晴らしい！」

どうやら、師団長様は食事そっちのけで鑑定魔法を駆使して料理の効果を調べているようだ。

米料理は魔法に関する効果がある物が多いので、師団長様は独自に研究している。

今回のお粥もまた、魔法に関する効果があったみたいね。

ニコニコとしながら、これまでの研究成果を踏まえた考察を呟いている。

お粥に入れる具材で効果が変わるのかなんて言っているけど、これ、また後で聴取されない？

嫌な予感は当たるもので、元の世界のお粥について後で教えて欲しいと言われた。

団長さんの笑顔の圧も強かったけど、師団長様も強い。

洗《あら》い浚《ざら》い吐けと言われたような気がした。

◆

賑《にぎ》やかな朝食が済んだ後は、すぐに帝都へと向かうことになった。

途中休憩を挟みながら、馬車に揺られること数時間。

聞いていた通り、夕方には帝都に到着した。

そして、馬車は使節団が滞在しているという屋敷の門前で止まった。

馬車の扉が開けられ、まずは師団長様が降り、次に団長さんが降りた。

私はその後、団長さんのエスコートで降りる。

私の後にはザーラさんが続き、別の馬車に乗っていたメイさんとオスカーさんも合流した。

門のすぐ先には、玄関があった。

スランタニア王国の貴族の邸宅とは異なり、ザイデラのお屋敷は門から玄関までは徒歩で移動できる程度の距離しかないようだ。

なるほど、だから馬車が門の前に止められたのね。

最近は玄関の前まで馬車で移動することが多かったから、門の前で馬車が止まったことが不思議だったのだけど、この近さなら、それも理解できる。

物珍しさに彼方此方《あちこち》に目を走らせていると、先方にもこちらが到着した連絡が届いたのだろう。

玄関の扉が開かれ、中から人が出てきた。

いつか見た赤髪が目に入る。

前に会ったのは、いつだったかしら？

もう随分と前の気がした。

「遠路はるばる、よく来たな」

お屋敷の中から出てきたのは、先にザイデラに来ていた使節団を取り纏《まと》める第一王子のカイル殿下だった。

笑みを浮かべて出迎えてくれたけど、何故《なぜ》だか空気が張り詰めているように感じる。

緊張しているのかしら？

いや、彼に限ってそんなことはないわよね。

妙な空気に内心で首を傾《かし》げたけど、雰囲気がおかしいのはカイル殿下だけではなかった。

こちら側の人達の様子も、何だかおかしい。

唖然《あぜん》としているというか、何というか。

割といつも通りな師団長様ですら、少し首を傾げていた。

「お出迎えいただき、恐れ入ります」

「話は中でゆっくり聞こう。まずは入ってくれ」

こちらの様子をカイル殿下がどう感じたのかは分からないけど、微妙な空気は感じ取ってもらえたようだ。

気を取り直した師団長様が代表で返礼すると、すぐにお屋敷の中へと案内してくれた。

お屋敷の内装を見学する間もなく、私と団長さんと師団長様は応接室らしき部屋へと連れて行かれた。

一緒に来た他の人達は、持って来た荷物の整理をするらしく、これから過ごす部屋へと向かった。

応接室に着くと、カイル殿下が人払いをした。

そのため、今いるのは私達三人とカイル殿下の四人だけだ。

先程のおかしな雰囲気が気になったのか、部屋にあったソファーに座るなり、カイル殿下は口火を切った。

「こちらへいらっしゃると急に連絡が届き、驚きました。何かあったのですか？」

スランタニア王国から来た三人の中で、私の身分が一番高いからだろうか？

私の方を向いて、カイル殿下は話し掛けた。

カイル殿下から丁寧に話し掛けられたのは初めてで、違和感がすごい。

「実は、こちらの使節団から病人が出たと緊急の報せが届きまして」

「病人？」

「はい。御存じありませんか？」

「あぁ。そういった話は聞いていないが……」

戸惑う私に気付いたからかは分からないけど、カイル殿下の質問には団長さんが答えてくれた。

内容は、私が王宮で陛下から聞いた通り。

しかし、カイル殿下には心当たりがないようで、病人という言葉に首を傾げた。

スランタニア王国に送った報せのことすら思い当たる節がないらしい。

団長さんの再度の確認に、カイル殿下は顎《あご》に手を添えて考え込んでしまった。

「その報せは確かにこちらから届いた物だったのだな？」

「はい。急いで参りましたので簡単にですが、ゴルツ様が確認済みです」

「宰相が、か……」

ゴルツ様というのは宰相様のことだ。

高い地位に就いているだけあり、宰相様の調査能力はとても高いと言われている。

そんな宰相様が確認したと聞いて、カイル殿下は再び沈黙した。

「すまないが、報せについては、こちらでも少し調べさせて欲しい」

「かしこまりました」

やはりカイル殿下には心当たりがないようだ。

そうなると、誰かが勝手に手紙を送ったということかしら？

結構な問題になりそうだ。

カイル殿下はひどく難しい表情で、調査すると口にした。

「病人が出たという話だったのだな？」

「はい。それで治療班を送ることになり、我々が参りました」

「確かに、これ以上ない治療班だな」

団長さんの言葉を受けて、カイル殿下は私達の顔を見回して苦笑した。

カイル殿下の言う通り、スランタニア王国でも一番のメンバーだと思う。

心の中で頷《うなず》いている間に、団長さんは話を続けた。

「我々だけで事足りるとは思いますが、万能薬も持ってきております」

「万能薬？　と言うと、あれか……」

忘れてはいけない、万能薬。

私が同行することで不要になる可能性が非常に高かったけど、陛下達に言われて、一応持ってくることになったのだ。

万が一のときのためらしい。

万能薬の存在はカイル殿下も知っていたみたいね。

言葉を濁したところを見ると、作製者や何やら、詳細については秘匿されていることも知っていそうだ。

「万能薬なら、どんな病も治せると聞いたが……」

「はい。鑑定魔法で確認済みです」

「ならば、何故セイ様はこちらへいらしたのですか？」

カイル殿下の言葉を補足するように師団長様が魔法で鑑定済みであることを告げると、カイル殿下は困惑したような表情を浮かべた。

そして、言い難そうに問われた内容は、グッサリと私の心に刺さった。

その疑問はもっともだ。

万能薬であらゆる病気を治せるのならば、私や師団長様が遠路はるばる来る必要はない。

辛うじて、師団長様は万能薬の護衛で来たと言えないこともないけど、私は全くもって必要ないだろう。

それでも来たのは、私がザイデラに行きたいと言ったからに他ならない。

そう、私の我儘《わがまま》なのだ。

自分でも分かっているから、カイル殿下の問いに罪悪感が刺激された。

「何と言いますか、ザイデラの文化に興味があったからと言いますか……」

「あぁ。薬草や食材を探しにいらっしゃったのですね」

後ろめたい気持ちで一杯だったからか、咄嗟《とっさ》に良い言い訳が思い付かなかった。

とはいえ、正直に言ってしまうのも気が引けて……。

口籠《くちご》もりつつ、ほとんど隠せないまま本音を漏らせば、カイル殿下はバッサリと穴の空いたオブラートを剥《は》ぎ取ってしまった。

殿下……。

私が興味ある物のことを、御存じだったんですね。

カイル殿下の無体に、ふと現実逃避をしてしまったのも仕方がないと思いたい。

「こちらまでいらしていただいて申し訳ありませんが、速やかにお戻りいただいた方がよろしいでしょう」

「手紙の件ですか？」

申し訳なさそうな表情を浮かべながら、カイル殿下は直ちに帰国することを勧めてきた。

理由として思い当たったのは、手紙の件だ。

「はい。こちらから届いた物であれ、貴女《あなた》方が呼び出されるほどの重要な手紙について、私が知らされていないというのは不自然です。手紙に書かれていること以外の目的があると見て、間違いないでしょう」

「その目的というのが……」

スランタニア王国に手紙を出すことも、病人が出たことも、程度を気にしなければ、カイル殿下に報告する必要はなさそうな事柄だ。

けれども、【聖女】や宮廷魔道師団の師団長が呼び出されるほどの内容となると、使節団を取り纏めているカイル殿下に報告がないのは不自然だった。

カイル殿下の言う通り、手紙の差出人の目的は病人の治療ではなく、別にあるのだろう。

明言はされなかったけど、恐らく、呼び出された私達や万能薬なのだと思う。

カイル殿下の目を見ながら途中で言葉を切ると、カイル殿下は濁した言葉を肯定するように頷いた。

何らかの危険が考えられる以上、ザイデラでのんびりと観光することはできなそうだ。

ここまで来て残念だけど、仕方がない。

「それでは、私達はすぐに帰国したいと思います」

「本当に申し訳ありません。手紙については、詳細が分かり次第、国王陛下に報告いたします」

「分かりました。その旨、陛下にもお伝えしますね」

「恐れ入ります。ああ、そうだ」

カイル殿下の提案を受け入れることを告げ、話は終わると思っていた。

しかし、カイル殿下は何か思い付いたことがあったようだ。

カイル殿下の思い付きは、不幸中の幸いと思えるようなことだった。

これからすぐに帰国の手続きをしても、船の準備が整うまで数日は掛かる。

その間に、ザイデラの植物や食材に関する書物がお屋敷に届くよう手配してくれるという話だったのだ。

このお屋敷から出ることが叶《かな》わないのは残念だ。

しかし、少しでもザイデラの生の情報が手に入るのはありがたい。

本があればお屋敷にいる間も、船に乗っている間も、いい時間潰しになるしね。

素敵な提案に笑顔でお礼を伝えると、カイル殿下も安心したように表情を緩めた。

そうして、カイル殿下はすぐに動き始めてくれたのだけど、帰国の準備は途中で止まってしまった。

なんと、ザイデラから外に出られなくなったのである。

第四幕　出国制限

使節団の下へと着いた翌日。

移動疲れからか、普段起きる時間よりもかなり遅く目が覚めた。

そのため朝食と兼ねて昼食を摂《と》ることになった。

ブランチというやつだ。

食堂にはザイデラ様式の大きな円卓が置かれ、皆が同じ卓で食事を摂ることになった。

ここでは無礼講ということで、団長さんと師団長様だけでなく、オスカーさんにザーラさん、メイさんも一緒だ。

その食事の場で、団長さんから予想だにしなかった話がもたらされた。

「出国できない？」

「あぁ。昼前に連絡があった」

団長さんから詳しい話を聞いたところ、どうやら私達が入国してきた港町で船の出入りが制限されているらしい。

カイル殿下の指示で、私達と一緒に来た文官さんが今朝から帰国の手続きを始めたのだけど、その最中に制限が掛けられた話が耳に入ったのだとか。

慌てて報告に来てくれたのが昼前のことだったそうだ。

制限がいつから始まったのかや、いつまでなのか等の詳しい情報はまだ入手できていないらしく、現在情報収集のために色々な人が動き回っているという話だ。

「そうだ。カイル殿下の姿が見えないのも、そのせいですか?」

「カイル殿下を中心に、使節団でも情報を集めてくれている」

私と一緒に来た人達だけでなく、元からいた使節団の人達も問題の解決に当たってくれているようだ。

元々は一緒に食事を摂る予定だったカイル殿下が不在なのも、そのせいみたいね。

何だか迷惑を掛けてしまって申し訳ない。

私が来ていなければ、ここまで大きな問題にはなっていなかっただろう。

心苦しく思うものの、私達が国に戻れないのは結構な問題であることは事実。

だから、現地の伝手《つて》も増えただろうカイル殿下が尽力してくれるのは、ありがたかった。

現地の伝手があった方が、早く解決できるだろうしね。

「早く出国できるようになるといいですね」

出国制限の理由が分からないので、制限が解除されるまで、どれくらい時間が掛かるかも不透明だ。

不安はあるけど、私にできることはない。

ザイデラの本は今晩には届けてくれるという話なので、大人しくそれを読んで待っていようと思った。

「私としては手紙の方が早く解決して欲しいですねぇ」

どんな本が来るか考えを巡らせていると、師団長様がのんびりと口を開いた。

私と同じように、昼前に目覚めたらしい。

まだ少し眠そうにしている。

「手紙ですか？」

「はい。手紙が送られてきた目的が明らかになれば、私も動けるかと思いまして」

「どういうことですか？」

目的が分かったら、どうして師団長様が動けるようになるのかしら？

話の経緯が見えない。

魔法の講義では分かりやすく説明してくれるのに、今日は色々と端折《はしょ》られているようだ。

まだ眠そうにしているし、寝ぼけているのかもしれない。

尋ねてみれば簡単な話だった。

手紙の内容から推測するに、差出人の目的は万能薬か、回復魔法の使える人間の可能性が高い。

可能性が低いところでは、万能薬を作れる人も候補に入る。

これらのうち、万能薬が目的であるのなら、私達がお屋敷に引きこもる必要はなくなるため、市街散策ができるのではないかという話だった。

「万能薬が本命だとしても、お屋敷から出るのは難しいんじゃないですか？」

「そのための護衛ですよ。私とセイ様が離れなければいいだけの話でしょう」

そうそう上手く行くものだろうか？

妙なことを企《たくら》んでいる人がいるのであれば、外出は許されなそうだけど。

そう口にすると、師団長様はしれっと護衛の話題を上げた。

「待て。私も行く」

「あぁ。……、二人体制が必須でしたね。失礼しました」

すかさず団長さんが口を挟んだけど、内容はそれでいいのかしら？

そこは止めるべきじゃないでしょうか？

「それよりも、目的が分かったからと言って、許可が下りるとは限らないぞ」

良かった。

団長さんはちゃんと考えてくれていた。

ホッとしたのも束《つか》の間《ま》。

やはり師団長様が止まるはずもなかった。

「目的が万能薬なら、当初の予定通りに行動しても問題はないと思いますけどね。セイ様も散策したいでしょう？」

「えっ？　いや、まぁ……」

したいか、したくないかで問われると、もちろんしたいけど、正直に答えるのは気が引けた。

だから言い淀《よど》んだものの、師団長様は気にならなかったようだ。

パンッと両手を合わせると、艶《あで》やかに微笑んだ。

「ふふふ、楽しみですねぇ。市街散策。色々と探したい物があるのです」

師団長様の心は既に市街散策へと飛んでいるようだった。

ウキウキと語られた言葉を聞いて、ふと引っ掛かりを覚えた。

色々？

てっきりお米の入手だけが目的かと思いきや、そうではないようだ。

「色々って、米だけじゃないんですか？」

「えぇ！」

同じ疑問をオスカーさんも抱いたようで、師団長様に尋ねていた。

元気良く頷《うなず》いた師団長様を見て、珍しくオスカーさんの口元が引き攣《つ》ったように見えた。

「どの道、まだ行けるか分からないんだ。今はここに待機だ」

「仕方ありませんね」

オスカーさんを慮《おもんぱか》った訳ではないだろうけど、師団長様を宥《なだ》めるように団長さんが口を挟んだ。

そこで漸《ようや》く落ち着いてくれたようで、師団長様は残念そうに肩を竦《すく》めた。

「ドレヴェス師団長って……」

「メイ」

「はい」

そんな師団長様を見て、メイさんが何かを言い掛けたけど、ザーラさんが遮った。

いつも通りの柔らかな声だったけど、どことなく圧を感じる。

名前を呼ばれたメイさんも感じ取ったのだろう。

メイさんは神妙な顔で口を噤《つぐ》んだ。

食事の後は特にすることもなかったので、体力回復のためにのんびりと過ごしていた。

与えられた部屋で、使節団の人達から貰《もら》った市街の簡易な地図を眺める。

外出できなくても、地図を見て、あれこれ想像するのは楽しい。

もし行けるとしたら、どこに行こうかなんて考えていると、カイル殿下から一報が入ったと連絡を受けた。

連絡を届けてくれたのは団長さんだ。

カイル殿下はテンユウ殿下の所へ出掛けているらしい。

スランタニア王国に留学に来ていた関係で、テンユウ殿下は何かと使節団のことを気に掛けてくれているそうだ。

そのため、ザイデラに来たカイル殿下とも知り合ったのだとか。

もっとも、テンユウ殿下はあくまで外野だ。

使節団のための窓口は他にあり、普段はそちらの人達と遣《や》り取りしているのだとか。

しかし、今回は事が事だけにテンユウ殿下のもとを訪ねたようだ。

「どうも制限が掛けられたのは急な話で、テンユウ殿下もカイル殿下から聞いて初めて知ったらしい」

「では、まだ詳しいことは何も分からないんですね」

団長さんの話では、カイル殿下から話を聞いたテンユウ殿下も情報収集に当たってくれることになったそうだ。

カイル殿下はテンユウ殿下の所に残っているそうで、もう少し情報が集まってから戻ってくるという話だった。

またカイル殿下からは、夕食までに戻れるか分からないので、食事は先に摂って欲しいという伝言もあったのだとか。

「物凄《ものすご》く迷惑を掛けてしまっていますね……」

「気にするな、と言っても難しいかもしれないが、セイが悪い訳ではない」

スランタニア王国では既に成人しているとはいえ、カイル殿下はまだ十代後半のはずだ。

それほど若い彼が夜遅くまで働く気でいることに、罪悪感が刺激される。

やっぱり来るべきじゃなかったかなと反省していると、団長さんが慰めてくれた。

「そうだ。カイル殿下が仰《おつしや》っていた本もそろそろ届く頃だ。届いたらすぐに持ってこよう」

「ありがとうございます」

しょんぼりとしていたからだろうか？

団長さんは本のことを口にした。

出国制限の情報収集に並行して、本も集めてくれていたようだ。

あまり気に病んでいても、周りに心配を掛けるだけか。

これ以上心配を掛けてしまうのも本意ではないので、気持ちを切り替えて、お礼を伝えた。

そうして話している所に、本も届いた。

使節団の人が私達の所に本を持ってきてくれたので、ありがたく受け取る。

届けられたのは植物図鑑、薬草図鑑、毒草図鑑等、等。

ポーションに関する本もあって、沈んでいた気分が浮上した。

そんな私の様子を見て、団長さんが安堵《あんど》していたことには気付かなかった。

◆

部屋に戻ってから届けられた本に目を通していると、あっという間に夕食の時間となった。

伝言にあった通り、カイル殿下は間に合わなかったようだ。

食堂に集まったのは、恒例となった六人だ。

円卓にずらりと並んだのは、お屋敷の料理人さんが腕を振るった地元料理だ。

久しぶりに目にした料理もある中、師団長様のテンションが最高潮になったのは、もちろんこの料理だ。

「これは！！！」

「ちまきって言っていましたね」

喜色満面に声を上げた師団長様に、先程、給仕さんから聞いた料理名を告げる。

蒸籠《せいろ》の中に入っていた、竹の皮に包まれた物体。

最初に見たときから、そうじゃないかなと思っていた料理は、想像通り「ちまき」だった。

外側に巻かれていた紐《ひも》を解き、竹の皮を開くと、中から湯気が上がり、ツヤツヤとした茶色いご飯が現れた。

師団長様が叫んだのも、お米の存在が目に入ったからだろう。

日本では中華風ちまきと呼ばれていた物みたいね。

所々にお肉らしき物体も見える。

ワクワクしながら一口食べると、想像していた通りの味が口の中に広がった。

中華風ちまき、好きだったのよね。

美味《おい》しくて、自然に口角が上がる。

「国で食べた物とは食感が異なりますね」

「スランタニアで食べた物とは違う種類のお米ですね」

スランタニア王国で食べているお米とは異なり、今食べているちまきの食感はモチモチとしていた。

恐らく、スランタニア王国で食べていた物は日本でよく食べられていたうるち米で、ちまきに使われている物はもち米なのだろう。

師団長様も食感の違いに気付いたようで、小皿に取り分けたちまきを目と同じ高さに掲げて、繁々《しげしげ》と眺めていた。

呟く声に反応すると、師団長様は勢いよく、こちらを向いた。

「この米は何という種類なのですか？」

「この料理に使われているお米は、故郷ではもち米と呼ばれていた物かと思います」

「もち米？　そちらはモチという料理に使われる物ではありませんでしたか？」

「お餅《もち》にも使われるんですけど、こういう風に調理されることもあるんですよ」

「料理法が異なるということですか。なるほど。それで料理名が異なると……」

お米に色々な種類があることは、師団長様が米料理にハマった際に教えている。

あのときは大変だった……。

植物の知識があると言っても、対象は主にハーブ。

師団長様に色々と質問されても、答えられた質問の方が少なかった。

お米の種類名にしても、コシヒカリやササニシキ、後はあきたこまちくらいしか覚えていない。

つや姫、ひとめぼれ、ゆめぴりかなんて名前の物もあったっけ？

ああ、そうだ。

山田錦《やまだにしき》もあったわね。

他にも色々あったはずだけど、きちんと覚えているのは、それくらいだ。

その中に交ぜて教えたのが、もち米のことだ。

教えたと言っても、餅という料理に使われるお米だとしか話していない。

大した情報量もないけど、師団長様はしっかりと覚えていたらしい。

興味があることに対しては、やはり優秀ね。

師団長様の他にも、ちまきに興味を示した人がいた。

ザイデラの料理を勉強したいと言っていた、メイさんだ。

「米以外に入ってるのは肉と人参《にんじん》、後、海老《えび》かな。こっちは、何だろう？」

「多分、筍《たけのこ》じゃないかな？」

「タケノコ？」

「竹という植物の若芽なの」

「へー。初めて知りました」

「スランタニアにはなかったと思う」

「ザイデラ特有の食材ってことですか」

メイさんは自身の皿のちまきを崩して、中に何が入っているかを確かめていた。

私が見た限り、豚肉と人参と筍が入っているのは分かった。

海老は小さかったから、気付かなかったのよね。

気付いたメイさんは、流石《さすが》料理人と言ったところか。

ただ、筍は知らなかったようで、首を傾《かし》げていたから教えて上げた。

これで実は違う植物だったら、ちょっと恥ずかしい。

念のために、後で給仕さんに聞いてみようかな？

間違っていたら、メイさんに申し訳ないしね。

「米が使われているってことは、セイ様が作られていたように、具材を入れて鍋《なべ》で煮て作るんでしょうか？」

「多分、違うと思う。この籠《かご》って、料理を蒸すときに使うのよね」

「ムスというのは？」

「お湯を沸かして、その湯気で調理することを蒸すって言うのよ」

「へー。じゃあ、米と具材をこの葉っぱ？　で包んで、蒸すんですか？」

「どうだろう？　ごめんなさい。そこまで詳しく知らないのよ。食べたことはあるんだけど、作ったことはないのよね」

「お気になさらないでください。私こそ、しつこく尋ねてしまって申し訳ありません」

「大丈夫。私もどうやって作るのか知りたいんだけど、誰か教えてくれないかしら？」

「ここの料理人に聞いてみましょうか？」

「それもいいわね」

ちまきの作り方を聞かれたけど、残念ながら詳細な作り方は知らなかった。

メイさんが言う通り、竹の葉っぱに包んでから、蒸籠で蒸すってのは分かる。

けれども、米を具材と一緒に炊いた後で包むのか、それとも生のまま包むのか、そういった前段階の工程がさっぱり分からない。

作り方が分かったら、材料を手に入れて、スランタニア王国で作ることもできるんだけど……。

ちまき以外の料理も含め、どうにかレシピを知ることはできないかしら？

そんなことをメイさんやザーラさんと話しながら、食事は進んだ。

そうして、食事が終わる頃にカイル殿下が戻ってきた。

事態は少しだけ進展を見せたようだった。

◆

カイル殿下がお屋敷に戻って来たと連絡を受けて、私と団長さんと師団長様の三人は、カイル殿下がいるという部屋へと向かった。

部屋の前、左右に護衛が立つ両開きの扉の前に到着すると、先触れを受けていた侍従さんが中から扉を開けて迎え入れてくれた。

カイル殿下がいたのは内向きの、居間のような場所だった。

食堂と同じく、こちらにもザイデラ様式の家具が置かれている。

カイル殿下も着替えを済ませて、簡単な食事を摂《と》った後のようで、寛《くつろ》いだ様子で椅子《いす》の前に立っていた。

「遅くまで、お疲れ様でした」

「恐れ入ります。どうぞ、お掛けください」

労《ねぎら》いの声を掛けると、カイル殿下は虚を衝《つ》かれたように目を瞠《みは》った。

けれども、すぐに気を取り直したようで、私達にも椅子に座るよう勧めてくれた。

それぞれが椅子に座ると、侍従さんがお茶を淹《い》れてくれた。

用が済んだ侍従さんは立ち去り、部屋の中には私達四人だけとなる。

予《あらかじ》め人払いがされていたようだ。

供されたのは、皆が飲み慣れているハーブティーだ。

紅茶じゃないのは、夜だからかしら？

慣れ親しんだ香りに一息吐《つ》くと、カイル殿下が話し始めた。

テンユウ殿下が調べた結果分かったことは、何か事件があったために出国制限が掛けられたということだった。

出国制限は私達が入国してきた港町だけでなく、近隣の町にも及んでいるそうだ。

しかも、明日には制限が掛けられる範囲が広げられるかもしれないという話も出ているらしい。

「事件の詳細は、まだ分からないのですか？」

「あぁ。テンユウ殿も調べきれていないらしく、詳細を伏せておくよう、上から命令が出ているのではないかという話だ」

事件があったとだけ言ったカイル殿下に、師団長様が問い掛けた。

カイル殿下も意図して黙っていた訳ではなく、詳細が分からなかったから口にしなかったようだ。

テンユウ殿下すら事件の概要を知ることができなかったことから、箝口令《かんこうれい》が敷かれているのではないかと推測していた。

「制限範囲の拡大に、詳細の秘匿となると、かなり大きな事件のようですね」

「あぁ。確証は得られていないが、漏れ聞こえて来た話によると、盗難事件のようだ」

「盗難？　そうなると、国外への持ち出しを警戒して制限が掛けられたということですか」

「国外もだが、国内での移動も制限したいのだと思う」

「なるほど。それで範囲を拡大すると……」

団長さんが判明している事柄を基にした推測を述べると、カイル殿下は肯定するように頷《うなず》いた。

命令が出ているといっても厳密なものではなかったようで、噂話《うわさばなし》として聞こえてきた情報はあったようだ。

どこの世界でも黙っていられない人はいるみたいね。

どこで何が盗まれたのかは分からないけど、これ程大掛かりな捜査が行われているなら、盗まれた物はかなり重要な物なのかもしれない。

国内の移動を制限するのは、捜査をしやすくするためかしら？

捜査しなければいけない範囲が広がったら、その分、労力も必要になるだろうしね。

「何が盗まれたかまでは分からなかったんですか？」

「はい。そちらは色々な情報が飛び交っているようです」

ふと気になって、盗まれた物に関する情報はないのかと尋ねてみた。

カイル殿下の口振りでは、多くの物が候補として挙がっているようだ。

どういった物が盗まれたと言われているのだろうか？

私の様子を見て、カイル殿下は説明を補足してくれた。

使節団の人達が集めてきてくれた噂話では、有名な宝石や、名のある武具等が挙げられていたそうだ。

確かに、広く名の知られている物が盗まれたとあれば、これ程大掛かりな捜査が行われるのも理解できる。

だって、そういう物って、大抵持ち主は貴族だろうしね。

警備が厳重なはずの屋敷から盗まれたとあっては、取り返さないと沽券《こけん》に関《かか》わってしまう。

「それから、貴重な薬が盗まれたという話もあるようです」

「薬、というとポーションですか？」

「はい。何でも、どんな病でも治してしまえる物だという話が……」

何だろう。

どこかで聞いたことがあるような気がする効能ね。

最後に挙げられたのは、既視感を覚える物だった。

カイル殿下の表情が微妙なものに変わったことから、私の想像は間違っていないことが窺《うかが》える。

チラリと横を向けば、団長さんも微妙な表情をしていた。

やっぱり、アレだと思いますか？

「どんな病でも治せるですか。まるで、万能薬のようですね」

団長さんの様子を確認している間に、師団長様があっさりとその名を口にした。

うん、私もそうじゃないかとは思った。

カイル殿下と団長さんも同じように考えていたのだろう。

師団長様の発言を聞いて、苦い物を口にしたかのように、更に顔を顰《しか》めていた。

「何にせよ、事件があったのは間違いないが、どういったものだったのかについては、まだはっきりとしていない」

仕切り直すかのように、カイル殿下は咳払《せきばら》いをして、念を押すように事実を述べた。

カイル殿下の言う通り、盗難事件なのかも、盗まれた物が何であるかも、まだ不明瞭《ふめいりょう》だ。

テンユウ殿下も引き続き色々と調べてくれるという話なので、出国制限に関しては続報を待つことになった。

「そういえば、手紙の方は何か進展がありましたか？」

会話が途切れたところで、師団長様が話題を変えた。

話題に上ったのはスランタニア王国に届けられた手紙のことだ。

師団長様に問われたカイル殿下は、表情を変えずに答えた。

皆が慌ただしく動く中、手紙についても調査は進められていたようだ。

結果として分かったことは二つ。

まず、手紙は使節団の人が送った物ではない可能性が高いらしい。

断定できないのは、まだ使節団に所属する全員に確認していないからだ。

けれども、手紙の差出人として名前が書かれていた人物が出した物ではないことは、本人に確認済みだそうだ。

次に、封蝋《ふうろう》に押された印章は本物の可能性が高いらしい。

こちらも断定できないのは、印章本体が行方不明だから。

何故《なぜ》、行方不明かというと、持ち主――前述の手紙の差出人（以下略）――が印章を紛失してしまったからだ。

この世界での印章は、元の世界のＩＤカードのような物だ。

そんな身分証明にも使われる物をなくしたのだ。

しかも、今回は誰《だれ》が出したか分からない手紙に使われてしまっている。

当然、なくした人には罰が与えられるのは言うまでもなく。

印章の持ち主も罰せられることを予想していたのだろう。

紛失に気付いた後は、上司に報告することもなく、一人でこっそり捜していたようだ。

しかし、未《いま》だに見つかっていないらしい。

「心当たりがある場所は捜し終えていますよね？」

「はい。本人の供述を受けて、別の者も捜索に当たりましたが見つかっていません」

捜し終えた後だろうなとは思いつつも、何となく確認してしまった。

本人以外の人達が捜しても見つかっていないってことは、そういうことなんだろうな。

印章を使って手紙が出されていることからも、とある可能性が思い浮かんでしまう。

「手紙を偽造するために、印章は盗まれたのかもしれませんね」

「現状、その可能性が高いな」

脳裏に過《よぎ》った考えを、師団長様が口にした。

やっぱり、そうなるよね。

カイル殿下も同じ考えに至っていたのだろう。

難しい表情で頷いた。

これは非常に困ったことになりそうだ。

出国制限のせいでザイデラから出られず、手紙のせいでお屋敷からも出られない。

どちらが早く解決するかは分からないけど、暫《しばら》く引きこもりになるしかなさそうな雰囲気がプンプンしている。

そして、この状況に耐えられなくなりそうな人が若干一名。

何やら考え込んでいる師団長様に視線を向けた。

「手紙の方だけでも片付けたいですね」

「片付けられるに越したことはないが、何か案があるのか？」

師団長様が願望を言うと、カイル殿下が関心を向けた。

すると、師団長様は今までの考えを纏《まと》めるように話し始めた。

「まずは、差出人の目的を絞りたいです」

「目的を?」

「はい。手紙の内容から、目的は回復魔法が使える人物か万能薬だと思われます。どちらが目的なのかを明確にすることで、次に取る行動が決められます」

「目的がはっきりすれば、対象を守りやすくもなるか」

ブランチのときにも話していた内容だ。

ただ、カイル殿下は守りを重視しているようだけど、師団長様は違う。

「だが、差出人が分からないのに、どうやって目的を探るのだ?」

「対象の所在を分けて、周囲に怪しい動きがないかを確認するというのはいかがでしょうか?」

思っていた通り、師団長様は攻めを重視していた。

カイル殿下の質問に対して、情報が集まるのを待つのではなく、こちらから探りに行くことを提案した。

十中八九、早く解決して、市街に出たいのだろう。

むしろ、話の流れからして、目的を探るのを口実に市街に出そうだ。

「両方に動きがあったとしても、差異で判断できるかもしれないな。いい案だと思うが、それだと一つの対象に充てる護衛の数が少なくなるのではないか?」

「そこはあまり心配はいらないかと。数の少なさは、質で補えばいいのです」

カイル殿下のもっともな疑問に、師団長様は右手の人差し指をピンと立てて、説明を続けた。

万能薬はお屋敷に置いたまま、回復魔法が使える人物をお屋敷から離すこと。

お屋敷の警護は元からいた人達に加えて、私達と一緒に来た人を少し残すこと。

ただし、回復魔法が使える人物に付ける護衛は腕が立つ人にすること。

ここで重要なのは、回復魔法が使える人物というのが誰のことを言っているかだ。

回復魔法が使える人物の中に私が含まれることを知っている団長さんとカイル殿下は、師団長様の言葉に難色を示そうとした。

しかし、二人より早く、師団長様が言葉を発した。

「ここで狙《ねら》われるとしたら、最も回復魔法が得意な私でしょう」

師団長様の話を聞いて、団長さんとカイル殿下はピタリと口を閉ざした。

なるほど。

そういうことにするのか。

国外に出る条件として、私の身分は詐称されている。

故に、ザイデラに【聖女】が来ていることは大っぴらにされていない。

手紙を受けてザイデラに来たのは、宮廷魔道師団の師団長と万能薬だけ。

残りの人達は、師団長様の側仕《そばづか》えや護衛ということになっている。

スランタニア王国の人は私の正体を知っているけど、表立ってはそういうことになっていた。

それでなくても、師団長様はスランタニア王国で最も魔法に精通していることで有名だ。

私の正体を知らない人達は、まさか側仕えの方が高度な回復魔法を使えるとは思わないだろう。

「ドレヴェス師団長が狙われるとしても、一人での行動は許されないだろう」

「もちろん側付きの者や護衛とは一緒に行動しますよ。ええ。腕の立つ護衛とね」

師団長様の発言がどこに帰着するかを悟ったのだろう。

団長さんが苦言を呈した。

しかし、師団長様も私の護衛であることは忘れていなかったらしい。

私や団長さんも一緒に行動する前提であることを言外に示した。

この後もあれこれ話し合いは続いたのだけど、最終的に師団長様が押し通した。

そして、色々と対策をした上で、師団長様の案が実行されることになった。

第五幕　捜査？

手紙の差出人の目的を探るべく、作戦は決行された。

万能薬をお屋敷に置いたまま、私達はお屋敷の外、市街へと繰り出した。

今回の作戦の主役は師団長様だけど、私もついて行く。

だから、一応の安全確保はされた。

まず、護衛の調整だ。

相手が動きやすくするために、表立っての護衛は団長さんの一人だけとなった。

ただ、主役である師団長様も手練《てだ》れで、一緒に行ってくれるザーラさんも護身術の嗜《たしな》みがあるらしい。

更に、何人もの人が隠れて護衛をしてくれるらしく、思っていた以上に態勢は整えられた。

次に、行き先の調整だ。

行き先は使節団の人が決めた。

安全だと調査済みのお店で、ザイデラでは札屋と呼ばれているお店だ。

なお、師団長様の希望も多分に反映されている。

札屋というのは、ザイデラで「札」と呼ばれる物を売っているお店だ。

お札は紙に特殊なインクで模様を描いた物で、誰でも使える。

また、お札を使って火を出したり、水を出したりすることができ、高価な物では、物理攻撃力や魔法攻撃力等も上げることができるそうだ。

お札を起動させるには、お札に魔力を流す必要がある。

これだけ聞くと、魔力付与された品と同じような気がするけど、異なっている部分もあった。

魔力付与された品と異なり、お札は一度使うと再度使うことはできないらしい。

また、能力を向上させる効果については一定時間が経《た》つと効果が消えるらしい。

この辺りは、魔法や料理で能力を向上させるのと変わらなかった。

魔力付与された品とよく似たお札に、魔法に関することに目がない師団長様も、当然のように興味を引かれたらしい。

留学に来ていたテンユウ殿下からお札のことを聞いた師団長様は、ザイデラに行ったら必ず実物を見ようと心に決めていたそうだ。

今回の件で、行き先に札屋を希望したあたり、差出人の目的を探るのが本題ではないことがよく分かる。

ちなみに、師団長様とテンユウ殿下は、テンユウ殿下が宮廷魔道師団を視察した折に知り合ったそうだ。

テンユウ殿下が王宮にある研究所を見て回っていたのは知っていたけど、宮廷魔道師団にも行っていたのね。

考えてみると、宮廷魔道師団には魔法に関する研究をしている人もいるから、あそこも研究所のような物かと納得した。

「ここですか！」

お屋敷からお店までは馬車に乗って来た。

馬車から降りた師団長様は、すこぶるイイ笑顔で、鼻歌を歌いながら、スキップでもしそうな勢いだ。

貴族の教育を受けているから、実際にはそんなことしなかったけど。

捜査は、やっぱり二の次なのね。

予想通りの展開に、思わず苦笑いが浮かぶ。

隣に目をやれば、ザーラさんも苦笑を浮かべていた。

視線に気付いたザーラさんがこちらを向いたので、示し合わせたように一緒に目を細めた。

『いらっしゃいませ』

師団長様を先頭に、私、団長さん、そしてザーラさんの順でお店の中に入った。

オスカーさんとメイさんは、あまり戦闘に長《た》けていないということで別行動だ。

オスカーさんは食材を探しに、メイさんはお屋敷の料理人さんにザイデラ料理を習うためにお屋敷に残った。

声を掛けてくれた店員さんに、使節団の人から預かった手紙を渡す。

紹介状だ。

店員さんは受け取った手紙の差出人を確認すると、ニッコリと微笑《ほほえ》んで口を開いた。

「本日はどのような物をお探しでございますか？」

どうやら、この店員さんはスランタニア王国の言葉を話せるようだ。

ザイデラ語から流暢《りゅうちょう》なスランタニア語へと切り替えてくれた。

このお店を教えてくれた人によると、ここは安全なだけでなく、お札のことを色々聞くのにも最適なお店らしい。

帝都で一番大きなお店ではないけど、品揃《しなぞろ》えが豊富で、店員さんの対応も良いという話だった。

対応が良いという話には、スランタニア語を話せる店員さんがいることも含まれていたのだろう。

あれこれ聞きたい師団長様には、正にうってつけのお店だ。

「この店で扱っている札を全《すべ》て見せてくれるかい？　ここは品揃えが良いと知人に教えてもらってね」

平然と全種類の札を見たいと師団長様が告げると、店員さんは恭しく、店の奥にある商談席に案内してくれた。

その後の紹介で知ったけど、このお店の店長さんだったらしい。

商談席の真ん中に陣取ったのは師団長様だ。

分かってた。

予想は付いていた。

捜査と言いながら、来るのを物凄《ものすご》く楽しみにしていたもの。

中心に座るわよね。

続いて、師団長様の左隣に私が座り、右隣にはザーラさんが座った。

本来であれば、二人共、師団長様の後ろに立つべきだ。

けれども、私の本来の身分のこともあり、一緒に席に着くことになった。

この辺りは、お店に向かう前に打ち合わせ済みだ。

また、団長さんは護衛ということで、私と師団長様の間の後方に立った。

席に案内されて少しすると、店長さんが他《ほか》の店員さんと連れ立って、色々なお札を持って来てくれた。

量からして、師団長様が望んだ通り、このお店で取り扱っている全てのお札を持って来たのかもしれない。

呆気《あっけ》に取られている間に、店長さんはお札を次々と師団長さんの前に並べていった。

お札は長方形の白い紙でできていた。

色は違うけど、中国の妖怪《ようかい》であるキョンシーの顔に貼《は》られたお札を彷彿《ほうふつ》とさせる。

大きさは数種類あり、一定の規格があるように見えた。

ただ、描かれている模様は札によって異なり、また使っているインクの色も様々だ。

「模様は異なりますが、同じインクが使われている物がありますね」

「はい。左手にお持ちの札は水球を出す物で、右手にお持ちの札は雨状に水を撒《ま》く物になります」

「なるほど。よく見ると、模様も一部同じなようですね」

お札を手に取りながら、師団長様は次々と質問をしていく。

説明を聞きながら、頭の中ではあれこれと考えているのだろう。

時折、一人納得したように頷《うなず》いていた。

捜査の方はいいのかしら?

気になるものの、この状態の師団長様は止められそうにない。

今のところ団長さんが何も言ってこないから、特に危険はないのだろう。

ならば、折角なので私もちゃんと見ようかしら?

そう思って、目の前に広げられたお札に視線を移す。

模様を描くのに特殊なインクを使っているって聞いたけど、インクというより墨だと言われた方がしっくりくる風情だ。

また、大きさだけでなく、模様の細かさにも一定の規格があるように思える。

少し気になって、並べられている物の中から細かい模様の物に目を凝らすと、私の様子に気付い

た店員さんが眺めていたお札を手渡してくれた。

店員さんの説明によると、このお札は物理防御力が高まる物のようだ。

支援系のお札は軒並み高価だって聞いていたけど、描くのが大変そうなのも理由の一つなのかもしれない。

『お札の大きさって決まっているんですか？』

『特に決まりはないのですが、私共の店では使いやすい大きさの物で統一しております』

すると、店員さんがスランタニア語を話せるか気になったので、ザイデラ語を意識して話してみた。

店員さんもザイデラ語で返してくれた。

意識するだけで色々な国の言葉が話せるのって便利よね。

本当にありがたい。

店長さんもだけど、この店員さんもとても親切だ。

気になってしまって、とても基本的なことを聞いてしまったけど、店員さんは嫌な顔をせずに教えてくれた。

気を良くして、他にもあれこれ聞いてみた。

お札は紙と特殊なインクを使用して作られると聞いていたけど、正にその通りらしい。

紙は何の変哲もない物だけど、インクはお札を描くための特別な物だそうだ。

紙とインクは別の工房から仕入れているけど、お札を描くのはこのお店が抱えている職人さんだ。

お札に描かれている模様は結構複雑なのだけど、この模様は筆で描いている。

決められた大きさの紙に筆で細かい模様を描くため、技術が必要だという話だ。

効果によって描く模様も変わるため、ポーションのレシピを覚えるより大変かもしれない。

中級以上のランクのポーションを作るには製薬スキルが必要になるけど、お札にもそういう関連スキルがあるのかしら?

気になって聞いてみたけど、残念ながら「分からない」という言葉が返ってきた。

分からないということは、簡単な物なら私でも作れるかもしれない。

試しに、お札の模様が紹介されている本はあるのかと聞いてみたら、簡単な物が紹介されている本があるらしい。

先日渡された本の中にはお札について書かれている物はなかった。

お屋敷に帰ってから、取り寄せてもらえないか聞いてみようかな?

そうして店員さんに色々と聞いている間に、師団長様と店長さんの話が終わったらしい。

思ったよりも短い時間で済んだのは、お屋敷に戻ってからお札を調べるためだろう。

その証拠に、師団長様は一通りのお札を買うことにしたようだ。

店長さんは、とても良い笑顔を浮かべている。

全種類のお札って、さっき店長さん達が持って来たのと同じ量よね?

持って帰るにしても、かなりの荷物になりそうだ。

えっ？　調査に使うために複数枚買っている物もある？

紙とインクも？

インクって、もちろん複数の種類がありますよね？

乗ってきた馬車に全部の荷物が載るだろうかと心配したところで、店長さんからありがたい申し出があった。

師団長様が買った品物は、お屋敷の方に届けてくれるそうだ。

今日中に届けてくれるということで、早く調べたそうにしている師団長様も異存はないようだ。

手厚いサービスに感謝して、満足した私達はお店を後にした。

一息吐《つ》いたところで、捜査のことを思い出す。

そういえば、どうなったの？

馬車に乗ってから話を聞いたところ、まともな答えが返ってきた。

「何人かの視線は感じましたけど、特に敵意は感じませんでしたね。ホーク団長は何かお気付きになりましたか？」

「こちらを観察している者は何人かいたな。その他に、おかしな動きをしている者はいなかった」

ああ見えて、師団長様はちゃんと仕事をしていたようだ。

団長さんは言うに及ばず。

そして、ザーラさんも周囲に注意を払っていたようだ。

「注目を集めていたのは、ドレヴェス様、ホーク様、私の三人ですね。珍しい姿をしているからかもしれません。セイ様に注視する者は見当たりませんでしたし」

ザーラさんの言う通り、ザイデラには黒髪や茶髪の人が多く、目の色も同様だ。

私にとって馴染《なじ》み深い姿をした人達ばかりだったけど、彼等にしてみてもそうだったのだろう。

「セイは何か気付いたことはあったか？」

「すみません、特には……」

全く気を配っていなかった訳ではないけど、他人の視線にあまり敏感でない私には気付けたことはなかった。

自分一人だけ仕事をしていなかったようで、肩身が狭い。

結局、怪しい動きはなかったという結論に至り、その後も何事もなく、お屋敷までは無事に帰ることができた。

◆

与えられた部屋の中、机に向かい紙に書き綴《つづ》るのは、今日聞いたお札のことだ。

忘れる前に纏《まと》めてしまおうと、覚えている話を書き並べていると、部屋の外から声を掛けられた。

同じく部屋の中にいたザーラさんが対応に向かう。

戻って来たザーラさん曰《いわ》く、夕食の準備が整ったそうだ。

もうそんな時間か。

気付けば結構な時間が経《た》っていたようだ。

肩を揉《も》みながら立ち上がると、ザーラさんと連れ立って、食堂へ向かった。

食堂には団長さんと師団長様に加え、カイル殿下がいた。

入り口でザーラさんと別れ、私だけが中に入る。

ザーラさんはオスカーさんやメイさんと一緒に別室で食べるそうだ。

団長さんが引いてくれた椅子《いす》に座ると、全員が座ったのを合図に食事が運ばれてきた。

今日はスランタニア王国の料理のようだ。

このところ中華っぽい料理が続いていたので、気分が変わって、ちょっと嬉《うれ》しい。

食事をしながら話すのは、今日行った札屋のことだ。

カイル殿下も行ったことがあるようで、熱心に話す師団長様に的確な相槌《あいづち》を打っていた。

食事の間は、そういった軽い話題で終始した。

本題に入ったのは、食後のお茶が出されてからだった。

「それでは、そちらは何も問題なかったと」

「はい。見張りが付いていていたくらいです」

今日の外出先での報告を、団長さんが代表して行った。

お屋敷を出てから戻るまで、私達は見張られていたようだ。

馬車の中で話していた、師団長様達が感じた視線というのが、それなのだろう。

見張りが付いているだけでも不審だと思うのだけど、団長さん達の感覚からすると、そうでもないようだ。

カイル殿下の話によると、ザイデラに来てからは使節団もずっと見張られているらしいので、外国人への見張りというのは標準装備なのかもしれない。

一緒にしてしまうのは問題がありそうだけど、テンユウ殿下がスランタニア王国に来たときにも見張りはついていたしね。

「見張りは主にセイ様以外の者に注目していたようです」

「セイ様以外？　何故《なぜ》だ？」

「共に行った者の話では、セイ様の容姿がザイデラの者に近いからではないかと」

「ふむ……。現地の者に間違えられたか？」

「その可能性はあります」

ザーラさんが気付いた点についても報告された。

私が注目を浴びなかったのは、容姿が現地の人に埋没しているからという説が有力だ。

理由を告げられて、カイル殿下も何となく想像できたみたいね。

「こちらでは何か動きがありましたか？」

「あぁ。監視とは別に、中の様子を調べようとしていた者がいたらしい」

うん？　これは物騒な話なのかしら？

カイル殿下は何でもないことのように話しているから、緊急事態ではなさそうだけど。

不思議そうな顔をしていたからか、私の方を見たカイル殿下が補足してくれた。

調べようとしていたと言っても、ちょっと話を聞きに来た人がいた程度のことらしい。

日頃《ひごろ》から出入りしている商会の人間を装って、お屋敷に勤めている人達から話を聞き出そうとした人がいたそうだ。

聞き出そうとしていたのは、当然、私達のことだった。

と言っても、特定の人物や万能薬について聞いて来た訳ではないらしい。

新しく人が増えたみたいだねとか、どんな人だとか、そういう世間話のような質問だ。

そして、この程度のことは日常茶飯事だそうだ。

そういう訳で、今日の収穫は特になかった。

まぁ、こういうことは一日で成果が出ることは稀《まれ》なので、暫く様子を見ようということで報告会は終わった。


それから数日間は、代わり映えのない日が続いた。

出国制限は相変わらず続いていて、手続きは止まったまま。

当初聞いていた通り、制限の対象となるエリアは更に広がっていた。

この間に、制限が掛けられた理由が判明した。

引き続き情報収集に当たってくれていたテンユウ殿下から、カイル殿下に連絡があったそうだ。

原因は、やはり盗難事件だった。

制限が解除されていないということは、未《いま》だに盗まれた物は見つかっていないのだろう。

手紙の差出人についても、これといった情報は得られていない。

使節団周辺も普段通りの監視が付いているだけだ。

結局、あの手紙はどういった意図で出されたのかしら？

何事もない日が続く中、再び気になってきたところで、師団長様が動いた。

「そろそろまた情報収集に動きませんか？」

朝食の場で、師団長様は突然宣言した。

師団長様と顔を合わせたのは数日ぶりだ。

このところ姿を見なかったのは、師団長様が部屋に引きこもっていたせいだ。

札屋で購入した大量のお札やインクを調べていたようで、自室から出てこなかったのよね。

妙に色気が増しているように見えるのは、何でだろう？

ちょっと退廃的な雰囲気があるからかしら？

よく見ると目の下にうっすらとクマが見える。

そういえば、ここ数日、師団長様の部屋は夜通し明かりがついているって誰《だれ》かが言ってたわね。

なるほど、寝不足か。

「動くというのは？」

「前回と同様に外に出て、周囲がどう動くのかを確認しようかと。相手の動きもないことですしね」

師団長様の言う通り、手紙に関する追加の情報は得られていない。

使節団の人達が頑張っても情報が得られないということから、高位の貴族が関《かか》わってそうだなんて推測をしていたくらいだ。

私達があまり外に出ていないのも関係あるかもしれない。

相手も私達の情報を得ようとしているけど、隙《すき》がないからできないって感じで、膠着《こうちゃく》状態に陥っているのかもしれないわね。

先日、雑談していたときに、オスカーさんがそんなことを言っていた。

師団長様もオスカーさんと同じように考えたのかもしれない。

だから、動こうって言い出したんだと思う。

もっとも、理由はそれだけではないと思うけど。

「出掛けるって、また札屋っすか？」

「今回は札に使うインクを作っているところに行こうかと思っています」

パンを割りながらオスカーさんが行き先を聞いた。

札屋を選択したあたり、オスカーさんも師団長様のことがよく分かっている。

ただ、返ってきた答えは予期せぬものだったようだ。

師団長様の返事を聞いて、うっかり藪《やぶ》を突《つつ》いて蛇を出してしまったというような表情をしていた。

それにしても、今回向かうのは札屋ではないらしい。

何故、前回と違う場所に行くのか？

何となく想像は付いたけど、試しに聞いてみた。

建前が返ってくるかと思ったら、本音が返ってきた。

ここ数日部屋に籠《こ》もっていたのは、やはりお札に関して調べていたかららしい。

調べる過程で、お札に使われているインクの原料と、魔力付与に使われる核に同じ物があることに気付いたそうだ。

「同じ物ってことは、インクの原料は鉱物なんですか？」

「はい。それ以外の物も含まれているようですけどね」

「鉱物以外の物って何ですか？」

「他《ほか》には膠《にかわ》が主な原料のようですね。それ以外にもあるのですが、どういった物かが読み取れなくて」

「それでインクを見に行きたいと？」

「はい。インクを作っている工房に行けば、何が使われているか分かるでしょう？」

「それはそうですが……」

師団長様の言う通り、工房に行けばどんな原料が使われているか分かるだろう。

けれども、部外者が教えてもらえるものなのかしら？

そういうのって秘密にされてそうだけど……。

思うところはあるものの、師団長様の言葉にも一理あった。

手紙の差出人の目的が分からないまま放置するのは問題だということは、団長さんもカイル殿下も認めるところだ。

このまま徒《いたず》らに時間を消費するのは勿体《もったい》ないということも理解できる。

私としても出国制限がいつ解除されるか分からない中、目的不明のまま過ごすのは落ち着かない。

それに、師団長様程ではないと思うけど、私も漠然と時間を消費していくのは勿体ないなと思ってしまう方だ。

だから、つい動きたくなる気持ちも分かった。

それぞれ意見はあったようだけど、協議の結果、今回も師団長様の案が採用された。

そして、前回同様、安全を確保した上でインクの工房へと向かうことになった。

◆

師団長様の提言から一週間後、インクの工房へ向かった。

一週間という短期間で安全確保の調査が終わったのは、やる気に溢《あふ》れた師団長様が魔法付与の品を使節団の人達に提供したからだ。

師団長様の自作ということで、効果の程は折り紙付きだ。

テンユウ殿下がスランタニア王国に来たときに作った、認識阻害の魔法を更に強化した物なんかも作ったらしい。

あのときはレースの隙間から見える髪の色や容貌《ようぼう》を認識しにくくするという概念を伝えただけで、匂いや足音を消す等の応用技なんて伝えていなかったんだけど……。

話を聞いて、とても危険な概念を師団長様に教えてしまったのではないかと、少しばかり後悔した。

そんな、調査を効率的に進めて欲しいという雄弁な圧を使節団の人達は感じ取ったのだろう。

調査はかなり速いスピードで進められたようだ。

行き先が決まったことを教えに来てくれた人が、前より煤《すす》けていたような気がしたのは、多分気のせいじゃない。

インクの工房までは、いつも通り馬車で向かった。

馬車の窓に掛けられたシェードを少しずらして外を眺めていると、整然とした街並みが徐々に雑多なものへと変わっていった。

工房があるのは、使節団のお屋敷周辺や札屋《ふだ》がある所よりも庶民的な所だった。

所謂《いわゆる》、下町という場所だ。

お屋敷や札屋の周辺の道幅は馬車が通れるほど広かったのだけど、工房に近付くにつれて徐々に狭くなっていった。

使節団の人の話では、工房の前の道は小さな馬車が一台通れるくらいの幅しかないらしい。

乗って来た馬車では到底入れないので、行ける所まで馬車に乗り、途中からは歩いて行った。

町屋と言うのだろうか？

工房は奥に細長い二階建ての建物で、周囲には同じような建物がひしめき合っている。

先触れを出していたからか、工房の親方とお弟子さん達は玄関の外で待っていてくれた。

『こんにちは。連絡をしたスランタニア王国の者です』

『ようこそ』

札屋のときとは異なり、工房にはスランタニア語を話せる人がいないため、私が通訳をすることになった。

側仕《そばづか》えとしての、初めてのまともな仕事だ。

親方は白髪交じりの黒髪に茶色の目をしている、背は低いけどがっしりとした体型のおじ様だ。

私が代表して挨拶《あいさつ》をすると、一応歓迎の言葉を返してくれた。

けれども、態度はそうでもない。

どことなく、面倒だなという雰囲気を醸し出していた。

まぁ、急な話だったし、お客という訳でもないから、こういう態度を取られても仕方がない。

お弟子さん達の方はというと、皆揃《そろ》って師団長様の顔に釘付《くぎづ》けだった。

国を跨《また》いでも、師団長様の顔面力は発揮されるらしい。

頬を染める人もいて、年若い彼の未来が少々心配になった。

インクの材料や作っている所を見てみたいという、こちらの要望は予《あらかじ》め伝えられていたらしい。

工房の親方は挨拶が終わると、早速工房の中へと入り、色々と見せてくれた。

『こちらが材料です』

「こちらが材料だそうです」

「色々ありますね」

親方の説明を他の人達に通訳する。

流石《さすが》に同時通訳はできないので、時間が少し掛かる。

けれども、事情を考慮してくれているのか、親方はこちらを急《せ》かすようなことはしなかった。

とてもありがたい。

親方が指し示した棚には、陶器の瓶が並んでいた。

蓋《ふた》を開けて中を見ると、色とりどりの粉末が入っていた。

粉末は鉱物を細かく砕いた物らしい。

親方が挙げる鉱物の名前には、聞いたことがある物もあった。

師団長様も聞き覚えのある物が多いのか、名前を告げる度に頷《うなず》いた。

続けて提示されたのは、膠《にかわ》と香料だ。

膠は動物の皮等を水で煮た液を乾かし固めた物で、接着剤として使われることが多い。

香料は膠の臭いを消すために入れるらしい。

膠は紙に鉱物の粉を定着させるために入れるのかしら？

そちらについての説明はなかったので謎《なぞ》だ。

材料の紹介が終わると、次は作り方の説明に入った。

作り方はいくつかの工程に分かれていて、お弟子さん達が分担して作業に当たっていた。

工程は、膠の溶解から始まる。

固まっている膠を湯煎《ゆせん》して溶かすのだ。

お弟子さんの一人が竈《かまど》の前で、大きな鍋《なべ》に膠を入れた鍋を浮かべて溶かしていた。

次の工程は、材料の混合だ。

溶かした膠の中に鉱物の粉末と水を入れて混ぜ合わせる。

馴染《なじ》ませた後に、更に臭い消しの香料を追加して、混ぜ合わせる。
ここまで進めると、材料は餅状《もちじょう》の塊となった。
三番目の工程は、一番重要な工程らしい。
ここでは、二番目の工程でできあがった餅を只管《ひたすら》練る。
一時間くらいは練るらしい。
練り上がったかどうかは、長年の勘で判断するそうだ。
だから、お弟子さんの中でも年長の人が担当してるのね。
作業をしている人を見て納得した。
最後の工程は、成形だ。
練り上がった物を小分けにし、木型に入れて成形する。
成形した物を乾燥させ、磨いたりなんだりすれば完成だ。
『こちらができあがった物になります』
「こちらができあがった物になるそうです……」
「インクと聞いていましたが、これは……」
親方が見せてくれたのは、手のひらに載る大きさの四角い固形物だった。
インクって聞いてたけど、これってどう見ても墨にしか見えない。
黒だけでなく、赤や青の物もあるけど。

師団長様も意表を突かれたのだろう。

目を丸くして、四角い物体を凝視していた。

『あの、これって墨ですか？』

『墨以外の何に見えるってんだ？』

『いいえ、インクだと聞いていたので、ちょっと驚いちゃって……』

『いんくって言うと、異国の墨か。あれは液体だもんな』

気になって聞いてみると、できあがった物は墨で間違いないようだった。

親方の認識ではインクは異国の墨らしいので、テンユウ殿下が師団長様に説明したときもインクだと翻訳されたのだろう。

そうなると、使用時には書道のときのように、硯《すずり》に水を入れて磨《す》るのかしら？

親方に尋ねてみると、不思議そうな顔をされながらも、その通りだと頷かれた。

親方との遣《や》り取《と》りを見ていた他の人達にも使い方を教えると、納得したり、感心したりといった反応が返ってきた。

一通りの説明が終わると、質問タイムへと移行した。

師団長様は水を得た魚のように、親方へと色々な質問を浴びせた。

最初は無愛想だった親方だけど、質問の内容が専門的なものになるにつれ、最初の頃が嘘《うそ》のように生き生きと答えてくれるようになっていった。

この感じ、以前も見たことがある……。

クラウスナー領にいる製薬の師匠の顔が、チラリと脳裏を過《よぎ》った。

怒涛《どとう》の勢いで交わされている会話を必死に通訳していると、いつの間にか師団長様が腕捲《うでまく》りをしだした。

通訳に気を取られて、肝心の内容は頭にほとんど残っていない。

えっ？　何？

何を始めるの？

確か、墨を練りたいって言ってたかしら？

直前の会話の断片を思い出している間に、親方と師団長様は三番目の工程であった、餅の塊を練る作業場に移動していた。

慌てて付いていくと、親方が片手で持てるくらいの量の弁柄色の塊を自分と師団長様の前の台に置いた。

そして、説明をしながら自身の前に置いていた塊を練っていく。

親方の仕草を見て、師団長様も取り分けられた餅に手を伸ばし、練り始めた。

『練りながら、墨に魔力を与えるんだ』

「なるほど。ここで魔力を付与するんですね。……ふむ。与えるのは純粋な火属性の魔力ですか」

『お！　あんた、いい筋してんな』

さっきは練るとしか言ってなかったけど、魔力も付与するのね。

師団長様の豊富な知識が親方の頑《かたく》なな心を解《ほぐ》したのか、親方は先程よりも詳しく説明してくれた。

師団長様はというと、説明がなくても見ていただけで分かったらしい。

通訳も介さず、見様見真似《みようみまね》で練っていたけど、その様子を見て親方が笑顔を浮かべて誉《ほ》めていた。

親方の話によると、この工程を最初から上手《うま》くできる人はほとんどいないそうだ。

まぁ、師団長様にとって魔力を付与するのはお手の物だろう。

付与に必要そうな魔力操作の技量は国内随一の腕を持っているのだから。

『そろそろいいぞ』

「できあがりましたね」

親方が言うのと同時に、師団長様も作業が終わったことを宣言した。

練り上がった墨を前に、親方も師団長様もいい笑顔を浮かべている。

会心の出来なのだろう。

師団長様が練った墨を見て、親方は満足そうに頷いた。

『少し詳しく見せてもらっても、よろしいでしょうか？』

『詳しく？　別に、構わねぇが……』

自分が練った墨を手に取って、矯《た》めつ眇《すが》めつ眺めていた師団長様が詳しく見たいと言い出した。

師団長様の言葉を通訳し、親方に許可を取ると、親方は怪訝《けげん》そうな顔をしながら許可してくれる。

許可が下りたことを告げると、師団長様は墨に鑑定魔法を掛けた。

「『鑑定』」

『何だっ⁉』

師団長様が詳しくと言っていた時点で私達は予想していたけど、親方にとっては予想外のことだったようだ。

魔法が発動するのを見て、声を上げて驚いていた。

親方は鑑定魔法を見たことがなかったようで、説明を受けて更に驚いていた。

あまりの驚きように、不思議に思って尋ねると意外なことが分かった。

スランタニア王国でも鑑定魔法が使える人は少なかったけど、ザイデラでは更に少ないようなのだ。

親方の話では、ザイデラの人達の中で鑑定魔法が使える人は皇帝が住む宮殿にしかいないらしい。

そんなにっ⁉

「我が国でも大きな商会には使える者がいると聞いているが……」

「それほど少ないのでしたら、皇宮に召し上げられないために存在を隠しているのかもしれませんわ」

「あぁ。そういうこともあるか」

鑑定魔法が使える人の話は団長さんも意外だったようだ。

ただ、ザーラさんが説明したように、隠されている可能性はある。

似たような話だと、スランタニア王国でも商会に所属する優秀な薬師《くすし》は隠されていることが多いらしいしね。

翻って、驚く私達をよそに、師団長様に驚いた様子はなかった。

親方の話を聞いて、納得するかのように頷いている。

私達が気付かない何かに気付いているのかもしれない。

初めて見る鑑定魔法に興奮した親方に頼まれて、師団長様が工房にある材料に鑑定魔法を掛けまくる一幕があったものの、この後も何事もなく時間は過ぎていった。

そして、師団長様が満足した後、私達は工房を後にした。

◆

インク改め、墨の工房に行った日の夜。

札屋に行ったときと同様に、報告会が開かれた。

何の報告会かって?

もちろん、手紙の差出人の目的に結び付く動きがなかったかの報告会だ。

例によって例の如《ごと》く。

残念ながら、期待していた動きは見当たらなかった。

膠着状態《こうちゃくじょうたい》を打開すべく再びお屋敷の外に出たものの、収穫は0《ゼロ》だ。

あったのは、元からの監視の目ばかり。

何故《なぜ》、動きがないんだろう？

もしかして、元からの監視の中に差出人もいたりするんだろうか？

見ているだけで他の動きがないのは、相手も必要な情報を得られていないからかしら？

要は、未《いま》だ動くときではないってこと？

気になることが増えるばかりで、解決に至る道は未だ見えなかった。

出国制限も相変わらず続く中、手紙に関する状況は変わらず。

毎度外出を提言していた師団長様も、新しい玩具《おもちゃ》——墨の材料——を手に入れたからか、部屋に籠《こ》もって出てこない。

こうなると、私も無理に外出するようなことはなく、再びお屋敷に籠もることになった。

そうして、自室で書物を眺める日々を送っていると、師団長様に呼び出された。

何やら手伝って欲しいことがあるらしい。

内容は知らされなかったんだけど、何を手伝うのかしら？

一緒について来てくれたザーラさんと首を傾《かし》げながら、指定された部屋に向かった。

部屋に入って最初に目に付いたのは、大量の荷物だ。

本やら大量の紙の束やら、何が入っているのか分からない木箱等、数多くの物が置かれていた。

特筆すべきは、部屋の中央に置かれた大きなテーブルの上に並べられている物だろう。

テーブルの中央から右側には色とりどりの粉が入った小瓶、液体が入った瓶、水に浸《つ》けられた膠《にかわ》、水差しと大小の鍋《なべ》が置かれていた。

鍋の隣に置かれている箱は何だろう？

五徳っぽい物が備え付けられているから、コンロかしら？

箱はともかく、その他の物は先日行った工房に置いてあった物達にそっくりだ。

「お呼び立てしてしまい申し訳ありません」

「いえ、構いません。部屋で本を読んでいるだけでしたし」

テーブルの上に置かれている物に目を奪われていると、師団長様に声を掛けられた。

視線を外して、師団長様の方を向けば、麗しい笑みが出迎えてくれる。

前回、引きこもっていた部屋から出てきたときよりも健康そうだ。

何てったって、目の下にクマがない。

少し疲れている感じはするものの、その美貌《びぼう》に陰りは見えなかった。

「手伝いが必要だと伺ったのですが、何をお手伝いすればいいんですか？」

「実験を行うので、その補助をしていただきたいのです」

「実験？」

「はい。札を作ってみようかと思いまして」

どうやら師団長様は自分でお札を作りたいらしい。

手伝うのは構わないのだけど、何を手伝えばいいんだろう？

疑問に思ったことを確認すれば、インクを大量に消費するかもしれないので、インク作りをして欲しいと言われた。

師団長様は、お札作りに集中したいらしい。

インク作りと聞いて、視線がテーブルの上へと引き寄せられた。

置いてあるのは、工房で見掛けた墨の材料だ。

工房で説明を受けた師団長様も、墨とインクの違いは分かっているはずだ。

それなのに、先程からずっとインクと言い続けているのは何でだろう？

混同している訳ではないわよね？

「インクですか？　墨ではなくて？」

「はい。作っていただきたいのはインクです」

気になったので尋ねると、作るのはインクで合っていると言う。

どういうことかと更に聞いてみたところ、ここ数日の研究成果が披露された。

墨作りで最も重要な工程は、材料の塊を練りながら魔力を付与するところだけど、最も重要な材料は鉱物の粉末らしい。

この鉱物に付与されている魔力と、お札に描かれた模様がセットで、魔法付与の核と同じ効果を発揮するのだとか。

膠は紙に鉱物を接着させるために使われているだけだそうだ。

これらのことを考慮して、師団長様は墨が固体である必要はないのではと考えた。

墨は保存しやすくするためか、一度乾燥させて固化させる。

そのため、使う際には水を加えて硯《すずり》で磨《す》る必要があった。

しかし、すぐ使うのであれば、固化させる必要はないのではないか？

そこに着目した師団長様は、固化させない墨、所謂《いわゆる》墨汁を自作し、試した。

結果として、墨汁でも問題なくお札を作ることができたそうだ。

「それで墨ではなく、インクと仰《おつしや》ってたんですね」

「はい。作るのは液状の物ですからね」

師団長様は固体の物は墨、液体の物はインクとして覚えたようだ。

墨汁じゃないかと思うものの、今呼び方にこだわる必要はないだろう。

そう思って、師団長様の言葉に頷《うなず》いた。

話が一区切りついたところで、次はインクの作り方についての説明が始まった。

お札用のインクを試作する過程で、作り方も確立したらしい。

鉱物の粉末と溶かした膠を、魔力を注ぎながら混ぜ合わせる。

これだけ。

非常にシンプルな作り方だけど、問題もある。

作り置きが難しいため、大量に作っておくことができないらしい。

そのため、私が呼ばれたようだ。

「それでは、始めましょうか。まずはこの辺りから行きましょう」

師団長様の掛け声で、インク作りが始まった。

数ある小瓶の中から師団長様が選んだのは、支援系の魔法付与を行う際に使われる鉱物の粉末が入った物だ。

魔法付与を行うときと同様に、作れるインクの種類も作業者が持つ属性魔法スキルに依存するらしい。

聖属性魔法スキルしか持たない私は、支援系の効果があるお札を作る際に使われるインクしか作れないそうだ。

説明しながら、師団長様は鉱物の粉末を小皿に少し取り出し、そこに液体の入った瓶の中身を一匙《さじ》入れた。

瓶に入っている液体は膠を溶かした物らしい。

膠はすぐには溶けないので、予《あらかじ》め用意しておいたのだそうだ。

足りなくなりそうなら、固形の膠も用意してあるので、追加で作るよう指示された。

小皿に入れた材料を指で練り合わせる。

ここに魔力を注ぐのだけど、この魔力が曲者《くせもの》だった。

インク作りの際に注ぐ魔力は、明確に聖属性の魔力でないといけなかったのだ。

「んー？」

「いかがされました？」

「何だか手応《てごた》えを感じなくて。きちんと注げているんでしょうか？」

「注げてはいますが、聖属性の魔力ではありませんね」

材料を練りながら魔力を注ぐも、魔法付与のときのように出来上がったという手応えを感じられなかった。

これで合ってるのかと疑問に思っていると、師団長様にバッサリと切り捨てられた。

ポーション作りのときと同じように魔力を注いでいたのだけど、聖属性の魔力ではなかったらしい。

詳しく話を聞くと、聖属性の魔力は意識しないと注げないもののようだった。

これは魔法付与を行うときと同じらしい。

とはいえ、魔法付与を行うときに聖属性の魔力を注ごうと意識したことはないんだけどね。

多分、核に魔力を照射する際に付与する効果を思い浮かべていたから、自然とできていたのだろう。

ポーションを作るときと魔法付与を行うときとで注ぐ魔力が異なるなんて、初めて知ったわ。

手応えはなかったけど、失敗したということで、今使っている材料は廃棄し、新たな材料で再挑戦した。

今度はちゃんと聖属性の魔力が付与できるよう、イメージしながら魔力を注いだ。

すると、指先が一瞬だけ仄《ほの》かな熱を帯び、すぐに収まった。

「できました?」

『鑑定』。今度はできましたね」

小皿から指を離して覗《のぞ》き込むと、師団長様が鑑定魔法を使って確認してくれた。

今度は問題なくインクが作れたようだ。

「では、セイ様はこの調子でインクを作っていただけますか?」

「分かりました」

私がインクを作り上げたところを見届けて、師団長様は作り終わったインクを片手にテーブルの反対側へと移動した。

テーブルの中央から左側に置かれているのは、何冊もの書物と、お札作りに必要な紙や筆等だ。

師団長様は椅子に座って、書物を広げた。

それを横目に、私もインク作りを再開したのだった。

◆

師団長様の様子を見ながら、私は黙々とインクを作った。

インクを作る必要がないときは、その辺にある書物を眺めて時間を潰《つぶ》した。

この部屋に集められている書物は、お札に関する物ばかりのようだ。

基礎的な内容の物から読んでいるけど、かなり面白く、いい暇潰しになった。

三度目のインク作製からは、ザーラさんも手伝ってくれた。

小皿に鉱石の粉末と溶かした膠を取り分け、更には足りなくなったら膠を溶かす作業まで受け持ってくれたのだ。

私は用意された材料を練りながら、魔力を注ぐだけ。

果たして、手伝いと言っていいのだろうか？

作業量はザーラさんの方が多いような気がして、疑問だ。

二度目でインクの作製に成功したものの、その後も何度か失敗した。

師団長様曰《いわ》く、材料の鉱物に魔力ではなく魔法を付与してしまったのが失敗の原因だそうだ。

この鉱物にはこういう効果を付与したわねなんて、魔法付与を行ったときのことを考えていたのがいけなかったようだ。

普通の魔力を注いだときとは異なり、魔法付与してしまったときには明確に失敗したことが分かった。

指先にパシッと衝撃が走ったからだ。

衝撃を感じて、唖然《あぜん》としたのは何度だろう？

無駄にした材料のことを思うと、ちょっと心が痛い。

私達がインクを作っている間にも、師団長様は書物を見ながら黙々とお札を作っていた。

乾燥させるために並べられているお札を見ると、同じ模様の物もあれば、違う模様の物もあった。

一種類だけではなく、様々な種類のお札を作っているようだ。

取《と》り敢《あ》えず、書物に載っている物を順番に作っているのかしら？

時折、「鑑定」という言葉が聞こえてきたので、一枚描き上げる度に鑑定魔法で効果を確認していたのかもしれない。

「やはり、セイ様が作ったインクは効果が高いですね」

実験は順調そうだと思いながら、書物に目を落としていると、不穏な言葉が聞こえた。

私が作ったインクが何ですって？

ギギギギと軋《きし》む音が聞こえてきそうな速度で声がした方に顔を向けると、師団長様が顎《あご》に手を添えて描き上げたお札を見ていた。

視線に気付いた師団長様も私の方を向くと、ニッコリと微笑《ほほえ》んだ。

「書物に載っている効果と作製した札の効果とに乖離《かいり》がありまして」

「はぁ」

「試しに、市販の墨を使って札を作ったところ、書物に書いてある通りの効果を発揮したのです」

市販の墨と聞いて、師団長様の手元を見ると、硯と墨が置いてあった。

硯の中の墨汁の色とインクの色は同じように見えるので、使われている鉱物も同じ物なのだろう。

いつの間に用意したのかしら？

そんなことよりも、重要なのは乖離という言葉だ。

先の「効果が高い」という言葉も併せて考えると、お馴染《なじ》みとなったアレですね。

五割増しの呪い。

まさか、インクの作製でも効果を発揮するとは思わなかった……。

こうして突き付けられるのは、何時《いつ》以来かしら？

どこか遠くの方を見ながら、ヒクリと頬を引き攣《つ》らせた。

現実逃避をしている間に、師団長様はきっちりと引導も渡してくれた。

実際に、私が作ったインクで作製したお札は、書物に書かれている一・五倍の効果があったらしい。

予想通りだ。

そうした一幕がありつつ、暫《しばら》くすると、師団長様からインクの種類を変えたいと言われた。

次に指定された鉱物は、今まで使っていた物よりも高度な支援系の魔法付与を行う際に使う物だった。

となると、これから作るお札も今までよりも高度な物になるのかもしれない。

指示された鉱物を使ってインクを作ると、その前よりも多くの魔力が必要となった。

材料のランクが高くなったからだろうか？

とはいえ、私の最大ＭＰからすると、微々たるものだ。

作製は問題なく行えた。

師団長様が描き上げるお札も、徐々に模様が複雑になっていった。

試しに聞いてみると、予想通り、最初の頃よりも高度な効果のお札だった。

だからだろうか。

段々と鑑定魔法を使う声の間隔が空いてきた。

師団長様の声が全く聞こえなくなって、どれくらい経っただろうか？

暇潰しに読んでいた書物から顔を上げると、同じく書物を読んでいたザーラさんと目が合った。

ザーラさんも気になったようだ。

お互いに頷いた後に師団長様の方を見ると、筆を持ったまま考え込んでいた。

声を掛けてみようか？

今声を掛けたら、邪魔になるかしら？

少し悩んで、やっぱり声を掛けようと息を吸ったところで、師団長様が手を動かした。

迷いなく運ばれる筆の動きは滑らかで、今までの時間が嘘《うそ》のようだ。

そして描き終わると、師団長様はやり遂げたとばかりに大きく息を吐いた。

鑑定魔法でお札の効果を確認した師団長様が、困ったような笑みを浮かべる。

会心の出来といった感じではない。

もしかして、失敗したのだろうか？

「できたんですか？」

「できたことは、できたのですが、期待していたほどの効果はありませんでした」

恐る恐る尋ねると、師団長様は表情を変えずに応えてくれた。

期待していたほどの効果はない？

失敗ってことかしら？

書籍に載っている効果よりも低かったってことよね？

更に質問してみようと思い口を開いたところで、師団長様は書き上げたばかりのお札に魔力を流した。

お札から一瞬白い光が放たれると、馴染みのある感覚が体を通り抜けた。

「防御力向上の効果だったんですか？」

「はい。セイ様にも効果は現れたようですね」

感じたのは、防御力が向上する魔法を掛けたときと同じ感覚だ。

ただ、魔法を掛けたときよりも随分弱い感じがするので、効果はあまりないのだろう。

……、ん？

「今、私にもって言いました？」

ふと引っ掛かりを覚えたので尋ねてみると、師団長様は頷《うなず》いた。

話を聞けば、今使ったお札は範囲効果がある物だという。

あぁ、だから私にも効果があったのね。

一人納得していると、師団長様はザーラさんにも効果があったか確認していた。

ザーラさんにも効果はあったようで、回答を聞いた師団長様は頷きながら、その辺りにあった紙にメモを取っていた。

使っている筆は、先程までお札の模様を描いていた物だけど、いいのかしら？

何となく気になったけど、ツッコむのは止《や》めておいた。

師団長様が気にせず使っているってことは、多分問題ないのだろう。

「それにしても、お札にも範囲効果がある物があるんですね」

「そうですね。水を一定の範囲に撒《ま》く物を参考に試してみましたが、札にも範囲効果を持たせることはできるようです」

てっきり元からある物だと思っていたけど、師団長様の口振りは何だか怪しい。

参考に試してみたって、まさかとは思うけど、新しく札の模様を考案したとかじゃないわよね？

「書物に載っている物じゃなかったんですか？」

「えぇ。書物に載っていた模様を組み合わせてみたのです」

嫌な予感を覚えつつ尋ねれば、当然といった風に師団長様は頷いた。

肯定してくれたけど、既存の模様を組み合わせて新たに作ったのなら、それはもう新しい模様じゃない？

師団長様からすれば、組み合わせただけなのかもしれないけど……。

横で聞いていたザーラさんも驚きのあまり口を開いたままだ。

「すみません。鑑定魔法を掛けてもよろしいですか？」

「えっ？　はい」

「『鑑定』……。上昇率は均等なようですね。三人分の上昇率を足しても、単体で保持していた上昇率には及ばない……」

呆然《ぼうぜん》としている間にも、師団長様はザーラさんに鑑定魔法を掛けて、色々と調べていた。

呟《つぶや》きの内容からすると、単体効果があるお札を範囲効果がある物に改変すると、効果が低減してしまうようだ。

もしかして、これが理由で範囲効果がある支援系のお札がないのかしら？

だとしたら、師団長様が作ったお札も既知の物で、あえて書物に載せていなかっただけかもしれない。

その考えが希望的観測に基づくものだったことを知るのは、この数日後のことだった。

舞台裏

時間はセイ達がザイデラに到着した頃に遡《さかのぼ》る。

帝都にあるスランタニア王国使節団が滞在する屋敷に、その報《しら》せが届いたのは朝早い時間だった。

「お食事中のところ、失礼いたします」

大使である第一王子のカイルが朝食を摂《と》っている最中に、使節団の一人が報せを持って訪れた。

食事中に届けられた報せに、急いで対応する必要があることを察したカイルは、食事の手を一旦《いったん》止めて、聞く姿勢を取った。

「どうした？」

「ティエンガンより報せが届きました。王国からドレヴェス師団長が参られたようです」

「ドレヴェス師団長が？」

ティエンガンというのは、セイ達が乗った船が入港した、帝都から最も近い港町だ。

外国に開かれている港であり、カイル達もティエンガンを経由して帝都に入った。

ティエンガンからスランタニア王国の者が来るのは、理解できる話だ。

しかし、宮廷魔道師団の師団長であるユーリが来るのは、理解できなかった。

ユーリはスランタニア王国でも一番の戦力で、国の守りの要《かなめ》でもある。

戦争でもない限り、スランタニア王国を離れることは考えられない人物だ。

しかも、今スランタニア王国には滅多に現れない【聖女】もいる。

非常時には国王よりも重要だと考えられている【聖女】の守りを外れてザイデラに来るなど、余程のことがない限り、考えられないことだった。

故に、報せを持ってきた者は元より、話を聞いたカイルも怪訝《けげん》そうな表情を浮かべた。

ユーリがスランタニア王国を離れられない理由を思い浮かべていたカイルは、そこで何かが引っ掛かった。

国から離れられない人間が、あえて離れる理由。

逆に考えれば、簡単な話だった。

思い至った可能性に、カイルの視線が僅《わず》かに揺れた。

「随行者はいるのか?」

「はい。側仕《そばづか》えが二名と護衛の騎士が一名、その他にも数名付いてきているようです。また、民間の商会の人間も同行しているとのことです」

努めて冷静な振りをしてカイルは報せを持ってきた者に質問した。

返ってきた答えの中に、付いてきているかもしれないと予想していた者は入っていなかった。

けれども、そのことが尚更《なおさら》カイルの予想を裏付けているような気もした。

（危険を避けるなら、あえて同行を伏せることもあるか）

国一番の戦力に護衛が付いていることにも不自然さを感じたが、思い浮かべた人物が共に来るのであれば、護衛が多いのも納得できる。

益々《ますます》確信を深めるカイルの表情を見て、報せを持ってきた者もユーリと共に誰が来るのか思い至ったようだ。

ただ、まさかという思いの方が強いようで、普段は冷静な人物が見て取れるほど困惑を露《あらわ》にしていた。

果たして、カイルの予想は当たった。

ユーリ達が到着したと連絡を受けて、カイルが屋敷の玄関まで出ると、ユーリの後ろにはセイも控えていた。

「遠路はるばる、よく来たな」

セイの姿を目にして、カイルは身を硬くした。

王族として育った矜持《きょうじ》で、何とか表情を取り繕ったが、纏《まと》う空気は緊張をはらんでいた。

ユーリに対する挨拶《あいさつ》の声も僅かに震えてしまったが、幸いにして、そのことに気付いた者はいなかった。

カイルがここまで緊張するのは、かつての自身が起こした騒動が原因だ。

【聖女召喚の儀】で喚《よ》び出された人物の一人、アイラが【聖女】であると頑《かたく》なに信じ、人が多く集まる場所でセイを偽者呼ばわりしてしまったのだ。

騒動が起きたのが召喚直後のことであれば、まだ情状酌量の余地はあった。

しかし、このとき既にセイは魔物の討伐任務で傷付いた者達を魔法で治療したり、瘴気《しょうき》の塊である黒い沼の浄化を成功させたりと数々の功績を打ち立てた後で、多くの者達から【聖女】であると認められていた。

そのため、国王と並ぶ地位の【聖女】に不敬を働いた咎《とが》で、カイルは国王から厳しい叱責《しっせき》を受けることになった。

何故《なぜ》周りの言葉に耳を傾けず、アイラが【聖女】であると信じたのか。

今思えば、若気の至りだ。

けれども、当時のカイルは国王に叱責されても、中々反省することができなかった。

漸《よう》く当時のことを冷静に振り返ることができるようになったのは、最近の話だ。

国王から接触を禁じられていたこともあり、カイルがセイと直接顔を合わせるのは騒動以来初めてだった。

未《いま》だ謝罪をしていないカイルが、急にセイと対面することになって感じたのは、もちろん後ろめたさだ。

けれども、お忍びで来ていると思われる以上、この場で謝罪し、肩の荷を下ろすこともできない。

取《と》り敢《あ》えず、まずは一行を屋敷の中へ案内しようと気持ちを切り替えたところで、カイルはユーリ達の様子がおかしいことに気付いた。

カイルを前にして、ユーリ達は驚いたり、何かを考え込んだりといった様子を見せていた。

何か尋常ではないことが起きているようだ。

話を聞きたいが、人目に付く玄関先で話すのは問題があるかもしれない。

咄嗟《とっさ》にそう判断したカイルは、代表者であるユーリと簡単な挨拶を交わした後、すぐに屋敷の中に入るよう一行を促した。

話を聞くためにカイルと共に応接室に入ってもらったのは、ユーリとセイとアルベルトだ。

本来であれば、情報収集が任務の一つである特務師団のオスカーも同席させるべきだったが、問題があったため、話をする機会を別に設けることにした。

オスカーは現在隠れてセイの護衛に当たっており、表立っての身分は商会の人間となっているので、政治的な話が出る場に同席するのは不自然だったためだ。

人払いをして四人だけになると、カイルは早速気になっていたことを尋ねた。

普段のように長旅を労《ねぎら》えるほどの精神的余裕はなかった。

何故なら、カイルが話し掛けるべき最も地位の高い者は、セイだったからだ。

最初に尋ねたのは、ユーリ達がザイデラを訪問した理由だ。

カイルが話し掛けると、セイは何とも言えない表情を浮かべた。

どうして、そのような表情を浮かべるのか？

謝罪していない以上、自身に対する心証が果てしなく悪くても仕方がないが、話し掛けるのも厭《いと》われるほどなのだろうか？

セイの様子が気に掛かったものの、すぐにそれどころではなくなった。

ユーリ達がザイデラを訪問したのは、使節団の大使を務めるカイルの与《あずか》り知らぬところで、スランタニア王国に緊急の手紙が届けられたからだと聞いたためだ。

詳細を聞くにつれて、カイルの胸に宿った不安は色を濃くしていった。

聞けば聞くほど、誰かが【聖女】か万能薬を呼び寄せるために、偽の手紙を送ったように思えてきたからだ。

一体、誰が手紙を送ってきたのだろうか。

疑問に思うものの、今ある情報だけでは、候補者を絞り込むことは難しかった。

とはいえ、何も手を打たないのは愚策だ。

できることから始めるべく、まずは最優先でセイの安全を確保することにした。

そうして、観光を楽しみにしていたセイに告げるのは心苦しかったが、直ちに帰国するよう勧めたのだった。

けれども、物事はすんなりとは進まなかった。

カイル達の動きを見計らったかのように、帝都周辺に出国制限が掛けられたのだ。

あまりのタイミングの良さに、報告を受けたカイルの脳裏には、【聖女】と万能薬を帝都に留め置くための策略ではないかという考えが過《よ》ぎった。

しかし、故意か偶然かはまだ分からないという周囲の声を聞き、すぐに考えを改めた。

結論を決め付けて動くのが、どれほど危ないことなのか。

かつて自身が起こした騒動を振り返れば、カイルには痛いほどよく分かった。

そして、現時点では手紙が送られてきたことと出国制限が掛けられたことは切り分けて調べるよう、周りに指示を出した。

スランタニア王国に届けられた手紙についての調査は、割とすぐに進んだ。

手紙の封蝋《ふうろう》に使われていた印章が手掛かりになったためだ。

出国制限について調べるために慌ただしく動く隙間《すきま》を縫って、カイルが執務室として使っている部屋に主だった者達が集められた。

手紙に関する調査の進捗《しんちょく》を共有するためだ。

部屋の中にはカイルと側近の他に、使節団で調査を取《と》り纏《まと》めている者や、ユーリとアルベルト、オスカーもいた。

もちろん、話の中心人物となる印章の持ち主もだ。

「この者が印章の持ち主か」

「はい」

印章の持ち主は、使節団に所属する子爵だった。

既に色々と聞き及んでいるのだろう。

この後の処遇が予想できているのか、血の気が引いた顔色は白く、小さく震えてもいるようだった。

「それで、手紙はこの者が出したのか？」

カイルの質問に、執務机の横に立っていた側近が答えると、子爵は体を更に小さく縮こまらせた。

「いいえ。本人に確認したところ、覚えがないそうです」

「ならば、何故この者の印章が押されていたのだ？」

「どうやら暫《しばら》く前に印章をなくしたようで」

子爵からの聴取は終わっていたため、続くカイルの質問にも側近が答えた。

側近が言うには、子爵が印章を紛失したことに気付いたのは、手紙が出されたと思われる数日前のことだったらしい。

印章は身分証明に使われるだけではなく、書類に法的な効力を持たせるためにも使われる、非常に大事な物だ。

紛失したことが表沙汰《おもてざた》になるだけでも、管理能力がないと見做《みな》され、他者に侮られる材料となる。

王宮に勤める者であれば、昇進にも影響を与える事柄だ。

そのため、子爵は紛失を誰にも告げず、一人で心当たりのある場所を捜し回ったそうだ。

「まだ見つかっていないのか」

「はい。本人もずっと捜していたようですが、未だ見つかっておらず。現在は人員を増やして捜索に当たっております」

紛失したことが明らかになってからは、使節団の者達も加わって印章を捜索した。

拾った者が売り払った可能性も考慮し、商会に持ち込まれていないか密《ひそ》かに確認も取った。

けれども、捜索人員を増やしてから時間が経《た》っていないこともあり、まだ印章が見つかったという報《しら》せはない。

恐らく、手紙に使われた印章は本物なのだろう。

そして、印章は今も手紙を出した者の手元にある可能性が高い。

子爵本人が捜していたときも印章の在処《ありか》に繋《つな》がる有力な情報はなかったという報告を聞いて、執務室にいる者達は、そう考えた。

「印章をなくしたのは偶然でしょうか？」

「と言うと？」

顎《あご》に手を添えながら呟《つぶや》いたのはオスカーだ。

セイが呼ばれていないこともあり、情報収集や分析が得意な特務師団の者として同席していた。

思わず口にしてしまったのは、これまでの経緯を聞いて、頭に浮かんだ考えだった。

その独り言をカイルが拾った。

カイルから問い掛けられたオスカーは偶然ではないのではないかと考えた理由を述べた。

「手紙が出されたことを考えると、印章が狙《ねら》われていた可能性も考えられるかと。なくしたとされる場所も場所ですし」

「場所？　一番有力なのは酒場だったか？」

「そう伺っております。場所柄、多くの者が立ち入るので馴染《なじ》みのない者がいても不自然には見えませんし、印章を奪うなら好都合な場所かと」

オスカーが話した内容は、この場にいた者達も一度は考えたことで、話を聞きながら頷《うなず》く者もいた。

印章をなくしたと思われる前後数日間は、子爵は屋敷で仕事をしていた。

唯一外出したのが、カイルが口にした酒場だ。

元々、子爵は食文化に興味があり、ザイデラでも彼方此方《あちこち》の飲食店を訪れていた。

中でも、カイルが言った酒場は値段の割に料理が美味《おい》しいことで有名で、子爵のお気に入りの店だ。

庶民的な店で訪れやすいこともあり、何度も利用していて、最近では店主と言葉を交わすようになっていた。

オスカーは言及しなかったが、料理だけでなく酒も提供している店だ。

泥酔するほど飲むことはないが、それでも店に慣れてきた最近では、普段よりは判断能力が落ちる程度に飲むこともあっただろう。

素面《しらふ》の人間よりも酒が入った人間からの方が、何かを盗むのは容易《たやす》い。

そういった意味でも、印章を狙っていたのならば、酒場というのは格好の場所だと言える。

事実、印章をなくしたと思われる日は、子爵は女性の店員に勧められて酒を少々飲み過ぎてしまい、屋敷に戻ってきたときには千鳥足になっていた。

印章をなくしたことに気付いたのも翌日の朝になってからだ。

そのことも、子爵が印章の紛失について誰にも話さなかった理由の一つだった。

「奪われたのであれば、見つかる可能性は低いな」

「はい。捜索は続けますが、奪われた可能性も考慮し、子爵の周りに不審な人物がいなかったかも調べたいと思います」

今後の方針を述べた側近にカイルは頷いた。

元より狙われていたのなら、印章は今も奪った者の手にあると考える方が自然だ。

捜したところで出てくる可能性は非常に低い。

故に、側近が提案したように、今後は奪われたことを前提に、印章を使って手紙を送ってきた者を探ることに注力することを決めた。

話が一段落したところで、子爵は直ちに使節の任を解かれ、セイ達と共に本国へと移送されることが告げられた。

セイ達が屋敷を発《た》つまでは、身柄を拘束され、屋敷に軟禁される。

これは、印章をなくし、手紙の偽装に使われた罰だったが、子爵の安全を確保し、印章が再び偽装に使われることを防ぐ目的もあった。

「現状についての話は以上だ。まだ分からないことは多い。引き続き、調査を頼む」

「「「かしこまりました」」」

カイルの号令で、手紙に関する話は終わった。

そして、各々は再び調査を続けるべく、執務室を後にした。

シチュエーション
オーディオシナリオ

脚本・えいとえふ
監修・橘《たちばな》由華《ゆか》

※本シナリオは二〇一八年一〇月に公開されたシチュエーションオーディオ『デートのお迎え』『ピクニックでハプニング⁉』と、小説3巻購入者限定で公開された『送り狼にはなり……ません?』の脚本です。一部、実際のオーディオとは異なる部分もございます。

1　デートのお迎え

外を歩いている

アルベルトM　ふう……今日は彼女と出かける日だと思ったら、いつもより早起きしてしまった。
約束の午後まではまだ少しあるが……せっかくだから彼女を迎えに行ってみようか。

アルベルトM　いや、いきなり行くとおどろかせてしまうだろうか。
だが、彼女のおどろく顔も見てみたい気も……彼女のコロコロと変わる表情を見ていると、なぜだかこちらまで楽しくなってしまうからな……。

アルベルトM　よし、今の時間なら研究所で仕事をしているはずだ。行ってみるとしよう。

　コンコンというノックの音の後、ガチャとドアを開ける音。

アルベルト　「すまない。入ってもいいだろうか？」

　カチャカチャと実験器具がぶつかるような音。慌ただしい研究室のＳＥ。

アルベルトM　おや、なんだか忙しそうだな。いつもの彼女にしてはめずらしくあわてているようだし……。

アルベルト　「今日はいちだんと忙しそうだな」

ガチャン！　と器具がぶつかる大きめの音。
セイが突然の訪問におどろいているSE。

アルベルト「ああ、いきなり話しかけてすまない。おどろかせるつもりはなかったんだ。そんなにあせらなくていい。少し時間があったから、約束より早めに来てしまっただけだから、そのまま仕事をつづけてくれ」

アルベルトM　ずいぶんとたくさんのポーションが机にならんでいるが……。まったくヨハンのやつ。彼女が優秀だからって仕事をたのみすぎだろう……。

アルベルトM　それを文句も言わずにきちんとやりとげる彼女がすごいな……本当に人一倍、働き者だ。
しかし、顔を青くしておろおろしている……ますますあわてさせてしまったみたいだ。

アルベルト

アルベルトM

アルベルト

アルベルト

アルベルトM

「そんなに申し訳なさそうな顔をしなくてもいい。待つのは構わないから」

早く来たせいで、気をつかわせてしまっているな。

気をそらすのに別の話をしようか……。

「ええと……午前中だけでこんなにたくさんのポーションを作ったのか？　うわさには聞いていたが、さすがだな」

「ん？　いつもはこんなにハイペースではない？　今日は特別にスピードをあげて作っているのか？」

もしかして……私と出かける午後の時間を作るために、いつも以上に仕事をがんばってくれているのだろうか？

彼女のこういう他人を気づかうやさしいところは相変《あいか》わら

ずだな。

私だけにそのやさしさを発揮してくれたらなんて思わなくもないが、それは彼女に限って無理だろう。

誰にでもわけへだてなくやさしい人だから……。

じゃあ……そうだな、よし。

アルベルト　「私にも何か手伝えることがあるだろうか？」

アルベルト　「そんなに恐縮しないでくれ。君の仕事が早く終われば、二人でいられる時間も増えるだろう？」

アルベルトM　あ、今度は赤くなってしまった。

本当におもしろいくらい表情がよく変わる。

ふっ、かわいい人だ。

アルベルト　「よし、じゃあ君が指示してくれ。まずは何をすればいいか

アルベルトM

アルベルト

アルベルトM

な？」

どうやら、彼女も私が無理をしていないと悟ってくれたようだ。

興味津々なまわりの研究員達からの視線が少々気にはなるが……。

「ふむ、できあがったポーションを箱の中に詰めればいいんだな。詰め終わった箱はあちらに移動させると……」

さっきまでうろたえていた態度がうそのようだ。

それと……きりりとした横顔は仕事中ならではだな。

普段は見れない表情だ。まだまだ私が知らない色々な表情を持っているんだろう。

しばらくカチャカチャとした容器の音やポコポコ

液体の沸騰《ふっとう》する音など、仕事中のＳＥ。

アルベルト　「……なるほど。こうすれば効率的にポーションが作れると。それは君が自分で考えたのか？」

アルベルト　「ほう……そうなのか。試行錯誤しているうちにつかんだものだと。勉強熱心なんだな。ヨハンも鼻が高いだろう。最後にとっておきの秘訣《ひけつ》がある？　それはぜひ聞かせてもらいたい」

アルベルト　「……気合い？」

やや沈黙の間。

アルベルト　「あはは。君は本当におもしろいな！」

アルベルトM

意外な彼女の言葉に思わず声を出して笑ってしまった。

おや、私の笑い声を聞いたまわりがピタリと沈黙してしまったな。そんなにめずらしいものでもないだろうに……。

彼女は気にしていないようだな。まわりの反応にむしろきょとんとしているくらいだ。

アルベルト

「君は本当に優秀だな。結局、ほかの研究員と同じ時間で倍のポーションを作ってしまった」

アルベルトM

そんなことはないと言って首を振っているが、彼女の価値は近くにいる者ならばすぐにわかる。むしろ気づかないほうがおかしいだろう。

この研究所内にだって彼女にあこがれの気持ちを抱く者の一人や二人、いや三人や四人はいるかもしれない……。

アルベルト

「そんなに謙遜《けんそん》しなくていい。君の努力のたまものなんだから」

アルベルト　「しかし、こんなにペースをあげて体調は大丈夫か？
一生懸命な君は素敵だが、くれぐれも無理はしないように」

アルベルト　「よし、これでノルマは達成……か？」

アルベルト　「ノルマよりたくさんのポーションができたって？　それは
よかった」

アルベルトM　彼女にとってがんばることは当たり前で、それがどんなに
素晴らしいことなのか本人は気づいていないんだろう。
彼女のよさをみんなに知ってもらいたいような、知っても
らいたくないような。
いや、今はそれよりも彼女の働きをねぎらうべきだな。

アルベルト　「……おつかれさま」

アルベルト　「ちょうど昼の鐘が鳴ったな。そろそろランチに出かけるとし……ん？」

アルベルトM　ほかの研究員達も昼どきということで休憩しようとしているらしいが、みながこちらを見ているような気が……。

一人が彼女のところにやってきた。

なに、昨日彼女が食べていたサンドイッチを自分達も食べてみたい？

たしかに彼女の作る料理は絶品だ。以前、魔物退治のときに食べたスープはまた食べたいくらい……ん？　彼女が困った顔をしているな。

そうか、私とこれから出かける約束があることを気にしているのか。

アルベルト

アルベルトM

アルベルトM

アルベルト

「気にしなくていい。君の料理のおいしさにやみつきになる気持ちはわかるからな」

ふう……本当は一刻でも早く彼女をここから連れ出したいのだが、ほっとした彼女の顔を見て、こっちまで和んでしまった。

困っている人はほうっておけない人だからな。それこそまさに【聖女】ともいうべき……。

調理場に行った彼女を待つ間、ぼんやりそんなことを考えていたら、あっという間に皿いっぱいのサンドイッチを作って彼女が戻ってきた。

ポーション作りと同じで料理の手際もいいらしい。

「え？　これは私の分？　いいのか？」

アルベルト「ありがとう。いただくとするよ」

アルベルト「(もぐもぐする) うまい!」

アルベルト「仕事を手伝ってもらったお礼?
がんばっていたのは君のほうだがな。でも……ありがとう。
とてもおいしいよ」

アルベルトM 君の作る料理を毎日食べることができたら……幸せだろうな。
絶品サンドイッチを食べて感動している研究員達を見て、
うれしそうにしている彼女をもっと見ていたい気もするが……。

アルベルト「さて、研究員達も満足したようだし、そろそろ出かけないか?」

アルベルト
「待たせて申し訳ない？
たいくつではなかったし問題ない。むしろ普段は見られない仕事中の君の姿を見ることができて楽しかった」

アルベルトM
どちらかというと得した気分……というのはまだ伝えないでおくとするか。
また顔を青くしたり赤くしたりされてしまいそうだから。

アルベルト
「さあ、出かけるとしよう。
今日はとっておきの場所に連れていこう。前から一緒に行きたかったんだ」

2

ピクニックでハプニング!?

馬のいななき。

研究所の出口にアルベルトの馬がつないである。

アルベルト　「さあ、行こう。……どうした?」

アルベルトM　少し心配そうな表情をしているな。そうか、馬に乗るのは
まだ慣れていないなかったか。ならば……。

アルベルト　「ほら、つかまって」

アルベルトM　相変わらず、彼女はためらいがちに手を差し出してくる。
小さくて、やわらかい手だ。

うっすらと色づく頬が目に入ると、私のほうまで落ち着かない気分になってしまう。
……おっといけない、思わず見とれてしまった。

　　セイを馬に乗せてあげる音。馬のいななき。

アルベルト
「よしっと。少々離れた場所に向かうので、王宮から研究室に帰るときよりもスピードを出すことになるが……構わないだろうか」

アルベルトM
大丈夫だと首をたてに振っているが、やはり少々緊張しているようだ。
手も冷たかったし、私の胸元を掴《つか》む力もいつもより強い。
心配をかけまいと、気をつかっているのだろう。
なんとか、彼女に安心してもらえるといいのだが。

アルベルト　「私がちゃんと支えているから大丈夫だ。それじゃあ、行こうか……はっ！」

馬が駆け出す音。

場面転換。あちこちから鳥の鳴き声。

ゆっくりと闊歩《かっぽ》する馬の足音。

深い森の中を馬でゆっくりと進んでいるイメージ。

アルベルト　「だいぶ馬を走らせたが……疲れていないか？」

アルベルト　「そうか、それはよかった」

アルベルトM　先ほどからキョロキョロとあたりを見回して、興味津々といったところだな。

ああ、あんなに目を輝かせて……。こうして喜ばしげな彼女のそばにいるだけで、心が和んでしまうのだから不思議なものだ……。

アルベルト　「とてもきれいな森だって？　うん、気に入ってもらえて、
とてもうれしいよ」

ふたたび、鳥が鳴く声。

アルベルト　「このあたりの森はまだ、瘴気の影響をあまり受けていないんだ。木々や植物が、どこか生き生きとしているだろう」

アルベルトM　もちろん、この穏やかな森に負けないくらい、彼女も生き生きとしているのだがな。
ああ、これほど近い距離で満面の笑みで返されると……もっといい景色を見せたくなってしまう。

アルベルト　「ん？　どうした？

……ああ、あの薬草がポーションの材料になりそうなのか」

アルベルトM　そういえば、先ほどから茂みのあたりを見ていたな。ふふ、
こういうときでも仕事熱心なのは、じつに彼女らしい。

アルベルト　「よし、目的地はまもなくだから、馬からおりて歩いていこう。
散策しながらのほうが、薬草を採取できるだろう」

アルベルトM　ああ、またうれしそうに……。
まったく、無邪気な表情にはドキドキさせられっぱなしだ。
……彼女は、気づいていないだろうが。

馬のいななき。

2人が馬からおりる音。

アルベルト　「あの薬草でいいんだな。……ああ、いいから。私が採ってこよう」

ガサガサと茂みに近づき、薬草を刈る音。

アルベルト　「よし……っと。ほかにも、気になる薬草をみつけたら、遠慮なく言ってくれ」

アルベルトM　ふふ、元気な返事だ。本当にうれしそうだな。
つい私まで顔がほころんでしまうが……こうも彼女を喜ばせる薬草が、少しばかりうらやましい。

そのとき、ガサガサと、茂みが激しく動く音。

アルベルト　「っ⁉」

アルベルトM　魔物……⁉　まさか、この森にいるはずが……。
はっ、彼女は……⁉（少し焦る）

アルベルト　「私のうしろへ！」

地面を踏む音。アルベルトがセイのもとへ走っていくイメージ。
アルベルトが剣を構える音。
馬のいななき。
ガサガサ……と茂みの音が大きくなり……。

アルベルト　「うしろにさがっていろ！　君には指一本触れさせはしない！」

プヒイイイ……！　と、イノシシのような動物が現れ、かわいい声で鳴く。

アルベルト　「……なんだ。あいつか」

アルベルトM　ふう、おどろかされてしまったが、まだこどもの獣じゃないか。
はっ！　彼女が胸元で手をにぎりしめている。大げさにさわいだせいで、おびえさせてしまったか……。
そういえば、彼女はまだ、森や魔物には慣れていなかったな。
小さな肩が震えてしまっている……。どうすれば、少しでも安心してくれるだろうか。

きぬ擦れの音。アルベルトがセイをぎゅっと抱きしめるイメージ。

アルベルトM　とっさに彼女を抱き寄せてしまったが……彼女の心臓の音

アルベルト
アルベルト
アルベルト
アルベルトM

が、こんなにも近くに聞こえる。

手や肩の震えは止まったようだが、鼓動は早鐘のように速い。まだ落ち着きを取り戻せないのだろうか。

「……大丈夫、大丈夫だ。安心していい。あいつは、見た目は少しおそろしいが、おとなしいやつなんだ」

「おどろかせてしまって、すまなかった」

「ん？　かわいい？　え、おびえていたのではないのか？」

よく見れば、彼女の顔が赤い。

私から目を逸《そ》らし、気まずそうに話すが、獣に向ける彼女の瞳《ひとみ》は、さっき薬草をさがしていたときの目と同じ輝きをはなっている。

アルベルト　「君がいた国の『うりぼう』に似ている? 『イノシシ』のこども?」

アルベルトM　正直、彼女の話す言葉の半分も理解できないが、おびえていないのなら、よかった。
だが、あわてたように私の腕から離れてしまったのは少し残念だ。

ふたたび、イノシシの鳴き声。

アルベルト　「ふふ。ほら、見てごらん。甘えているようだ。ここをなでてあげると、喜ぶんだ」

イノシシのうれしそうな鳴き声。

アルベルトM　獣に触れようとさっそく手を差し伸べている。

まったく……いくら『うりぼう』とやらに似ているとはいえ、ためらわずに触れようとする彼女の勇気と好奇心には、頭がさがる思いだな。

アルベルト　「おどろいてしまってすまなかったって？　気にしなくていい」

アルベルトM　こんなときにも私を気づかってくれるとは……。もう一度、抱きしめたいところだが、また彼女をびっくりさせてしまうだろうから、ここは手を取るだけにとどめておくか。

アルベルト　「さあ、目的地はもうすぐそこだ。行こうか」

馬の手綱を引き、移動する。

ガサガサと森を抜ける音。

アルベルト

アルベルトM

アルベルト

風がいちだんと強くなる。

「おどろいたかい。この森を抜けると、高台になっていてね。王都が一望できる。ここから見える景色は、絶景なんだ」

ああ、おどろいたり、うれしそうだったり……くるくると表情が変わって忙しいな。

それにしても彼女の笑顔は、いつにも増して輝いて見える。

にぎり返す手の強さからも、興奮が伝わってくるようだ。

「ああ、あまり端のほうまで行くと、風が強いからあぶないぞ。

足元に気をつけて。私の手を、離さないで」

ピューと吹く風。

アルベルト
「そう、あの方角に見えるのが王宮。少し離れたあそこが、研究所だ。そして、あの小さな建物が密集しているところが、以前一緒に行ったことのある街だよ。
王都の遥《はる》か向こうになるが、あっちの方角には、私の故郷もある」

アルベルト
「え？　いつか私の故郷を見てみたいって？　……そうだな。いずれ、必ず」

アルベルトM
……正式に、招待したいと心の底から思っているよ。

アルベルト
「よかった、よろこんでもらえて。この景色を、見せたかったんだ。
君にこの国のことを知ってもらい、もっと好きになってもらいたくて」

アルベルト

アルベルトM

アルベルト

「……いや、礼を言うのはこちらのほうだ。今日は来てくれて、ありがとう」

ふたたびピューと吹く風。

だんだんと落ちてきた夕日に照らされる彼女の黒髪が美しい。この景色を、ずっと見ていたいものだ……。

「風が強いけれど、寒くはないか？　もう少しこの景色を堪能したら、暗くなる前に街に戻ろう。

……え？　もちろん、この後もつき合ってもらう。今日はずっと、この手を離したくはないからね」

3

送り狼にはなり……ません？

街に到着し、ガヤガヤとした喧騒《けんそう》。

アルベルト
「おすすめのレストランがあるんだ。そこでいいか？」

うなずいてくれてはいるが、少し元気がない。

アルベルトM
さっきの騒動と、遠出をして疲れたのかもしれない。ゆっくりと落ち着ける店にしてよかったな……。

店のドアを開ける音。

店に入るとガヤガヤと人の声。

こじゃれた店なので、酒場っぽくにぎやかすぎないイメージ。

アルベルト

アルベルトM

アルベルト

アルベルトM

「予約していたホークだが……」

店員がなにやら意味深な視線を向けてくる。

何かおかしいだろうか。たしかに女性をつれてきたのは初めてだが……。

彼女も、キョロキョロと落ち着かない様子だ。あまりこういう店には慣れていないのかもしれない。

「私達の席は個室だから、気をつかわなくていい」

個室のドアが開き、閉まる音。

席について落ち着いたのか、ようやく笑顔を見せてくれたな。

アルベルト　「ここはシェフのおすすめコースがおいしくてな。君のお眼鏡にも、かなうといいんだが」

アルベルト　「何か飲み物は飲むか？」

アルベルト　「ああ、こちらはアルコールだ。季節の果実酒もあるぞ」

アルベルトM　酒もいける口なのか。意外だな。また新たな一面を知ってしまった。
もっと、一緒にすごすことができたら、もっと彼女を知ることができるんだろうか……。

アルベルト　「じゃあ、彼女には、このいちごの果実酒、私には、こちらのぶどう酒を」

アルベルト　「では、今日という日に、乾杯」

チン、とグラスが重なる音。

かちゃかちゃとカトラリーのぶつかる音。

「なるほど、君のいた国でもこのようなコース料理があるのか。興味深いな」

「でも、お高くて食べに行ったことはないって？　ははは、じゃあ今日が初めての体験か。それは光栄だな」

「え？　この肉に使っているスパイスが知りたい？」

研究熱心なのは、プライベートでも変わらずだな。

次々と運ばれてくる料理に舌鼓を打っていて、どうやらお気に召していただけたようでほっとした。

アルベルト
アルベルト
アルベルト
アルベルトM

アルベルト　「いちご酒も、ジュースみたいで飲みやすい？　そうか、気に入ってくれたようでよかった」

アルベルトM　ほんのり頬を赤く染めて、満面の笑みでうなずく顔を見るとこちらも心があたたまる。
彼女と話しているとあっという間に時間が過ぎてしまう。
もっともっと、時間がゆっくり過ぎればいいのに……そんなことをつい考えてしまう。
こんな気持ちをいだくのは、はじめてのことだ……。

アルベルト　「最後のデザートが来たようだね」

アルベルトM　季節のいちごをふんだんに使ったタルトが運ばれてきて、目を輝かせている。
ふふ、こちらも気に入ってくれたようだ。しかし、さっきから手元がおぼつかないような……。

……そういえば、今、飲んでいる果実酒は、もう4杯目だぞ。

アルベルト　「……君、もしかしなくても、酔っているな」

アルベルトM　しまった。いくら飲みやすいからって飲ませすぎたかな……。
でも、頬《ほお》を赤らめて目をとろんとさせている彼女は、いつものしっかり者のイメージとちがって、またかわいらしい。
……ほかの者の前では飲酒してはいけないと、言っておかねば。

アルベルト　「タルトの上に載っているいちごが落ちそうだよ」

アルベルトM　注意してもどこかぼーっとしている。……しょうがないな。

アルベルト
「ほら」

アルベルトM
私のフォークで落ちそうないちごを思わず刺してしまった。
不思議そうにぽかんと口をあけている姿が、なんだかかえさを待つ小鳥のようだな。

アルベルト
「はい、あーん」

アルベルトM
冗談のつもりで、フォークのいちごを彼女の前に出してみた。

アルベルトM
えっ……。（おどろくアルベルト）
彼女がうれしそうに口をあけてこちらを見ている。
こ、これは反則だろう。
彼女は酔っている、酔っているんだ……。

アルベルトM　パクッといちごをくわえてもぐもぐしている彼女を見ていたら、私のほうがはずかしくなってしまう。
まったく……かなわないな。
くれぐれもほかの者の前での飲酒は厳禁！　ヨハンにもきつく言っておかねば……。

アルベルト　「あ……」

アルベルト　「寝てしまったか」

アルベルトM　まあ、今日は朝から大忙しで、森でもいろいろあったうえに、果実酒を4杯も飲んだからしょうがないか。
うっすら赤い頬に、髪がかかっている……。
すうすうという静かな寝息すら……愛らしい。

アルベルト　「君は本当に……」

アルベルト　「いや、これは起きているときに伝えるべきか」

アルベルト　「……今日もおつかれさま」

やや間があって、パッカパッカというひづめの音。

アルベルト　「おや、目が覚めたのか？」

アルベルト　「ちょ、ちょっとあばれるな！　君が眠ってしまったから、起こさないように研究所まで連れていこうと思ったんだが」

アルベルトM　いきなり馬のうえでおどろいたのか？

アルベルト　「ん、今度はどうした⁉」

アルベルトM　急に手綱をつかんで、口をぱくぱくさせている。

アルベルト　「え？　飲酒乗馬はいけません？」

アルベルト　「……ははは、大丈夫だよ。私はほとんど飲んでいないから」

アルベルトM　私の腕に抱かれて目覚めて最初に気にするところがそれとは……。これは、先が思いやられるな。

アルベルト　「もっとも、君の笑顔に酔ってしまったかな」

アルベルトM　あ、今度は真っ赤になってかたまってしまった。私の腕の中にいるという状況にも、ようやく気づいたようだ。

彼女がこういうやりとりに不慣れなことは承知していたつもりだが。
自制がきかないなんて、どうやら私も少し酔ってしまっているのかもしれない。

アルベルト
「研究所についたぞ。さあ、ゆっくりおりて」

アルベルトM
馬からおりて、あわてておじぎする彼女の顔は赤いまま。
そのまま駆け出しそうな勢いだ。

アルベルト
「待って」

アルベルトM
逃げ出しそうな彼女の手をとっさにつかんでしまった。
ええと、どうしたものか。

アルベルト
「今日は、ありがとう。楽しかったよ」

アルベルトM　手をにぎられて逃げられないとあきらめたのか、おとなしいぞ。

アルベルト　「そうか、君もよろこんでくれたのなら、私もうれしい」

アルベルト　「ああ、また誘ってもいいかな？」

アルベルトM　顔を真っ赤にしたまま、ためらいがちにうなずいてくれた。向けられる視線が、まっすぐで、清らかで……美しい。

アルベルト　「ちゅ」（でこちゅーの音です）

アルベルトM　あ、思わず額にキスしてしまった。

アルベルト　「わっ！」

アルベルトM
手を振り払って脱兎のごとく駆け出した彼女のうしろすがたが、あっという間に遠くへ行ってしまった。

アルベルト
「ちょっと……やりすぎた、か？」

アルベルトM
しかしどうにも頬のゆるみがおさえられない自分がいる。
今日はいい一日だった。
夜空の星々さえもいつもよりきれいに見える。
願わくは彼女にとってもそうでありますように。

アルベルト
「おやすみ。いい夢を」

※本シチュエーションオーディオシナリオはフィクションです。
野生動物に遭遇した際には、危険ですので近づいたり触れたりしないようにしてください。また、飲酒状態での乗馬も危険ですのでおやめください。

あとがき

こんにちは、橘由華《たちばなゆか》です。

この度は『聖女の魔力は万能です』九巻をお手に取っていただき、ありがとうございます。

お陰様で、九巻も何とかお届けすることができました。これも、いつも応援してくださる皆様のお陰だと感謝しております。ありがとうございます。色々と原因はあるのですが、今回は今までで一番やばかった気がします。前回調子がいいなんて書いたせいでしょうか。少し調子が良かったからといって、図に乗ってはいけませんね。反省。気を引き締めようと思います。

カドカワBOOKSの担当W様、今回も色々と相談に乗っていただき、ありがとうございました。お陰様で、何とか刊行することができました。その他の関係者の皆様もいつも本当にありがとうございます。

さて、九巻ですが、お楽しみいただけたでしょうか？　ここからはネタバレが入りますので、まだ本編をお読みでない方は先にそちらをお読みいただければと思います。

九巻では舞台がスランタニア王国からザイデラに変わったこともあり、色々と調べることがありました。最初に取り掛かったのが食べ物だったあたり、セイさんが食いしん坊なのは作者の好みが反映されている気がしてなりません。すみません。でも、薬膳《やくぜん》料理は美味《おい》しかったです。

米料理ということで登場した中華粥《ちゅうかがゆ》とちまきは、私にとって思い出のある料理です。

中華粥は中国に行った際に宿泊したホテルの朝食で初めて食べたのですが、それが物凄《ものすご》く美味しくて。あまりの美味しさに、そのホテルに宿泊している間中、朝食はお粥を食べ続けたほどでした。お粥は鶏肉《とりにく》とピータンが入っている物だったのですが、あれが私の初ピータンでしたね。あのお粥のお陰でピータンを忌避することなく、食べられるようになった気がします。

中華ちまきは子供の頃に母が極稀《まれ》に作ってくれた思い出があります。餅米《もちごめ》と鶏肉が入っていたのは覚えているのですが、他《ほか》にも何か具が入っていた気がします。家庭で作る物ですので、竹の皮ではなくアルミホイルで包んで蒸していました。蒸し器もステンレスの物でしたね。滅多に作ってもらえる物ではなかったのですが、あれも美味しくて好物の一つでした。今考えると、とても手間が掛かるので、あまり作ってもらえなかったのかもしれません。自分も多分作らないと思います（笑）。

建物については、博物館で開催されていた企画展を見に行きました。仮想空間で中国にある紫禁城が再現されていたのですが、昔の皇帝の権勢って本当に凄《すご》かったんだなとしみじみと感じました。語彙《ごい》力が足りなくて上手《うま》く言い表せないのですが、竹で作られたと思われる繊細な建具は金箔《きんぱく》が貼《は》られてきらめき、壁には珍しい鳥や美しい花々の風景が、天井には細かな模様が描かれ、室内だというのに東屋《あずまや》のごとき舞台もあり。舞台の屋根にも金箔が貼られていたような気がします。あれが趣味で造られた宮殿だというのだから意味が分かりません。室内装飾芸術の最高峰だと言われるだけありました。実際の宮殿も修復が終わり公開されているようなのですが、昨今の世情により行けず。九巻の刊行には間に合いませんでしたが、旅好きとしては、いつか行ってみたいものです。

九巻も引き続き、イラストを珠梨《しゅり》やすゆき先生に担当していただきました。今回も素敵なイラストをありがとうございます。前回、もにゅっとした口元のセイさんに悶《もだ》えていたからでしょうか。八巻に引き続き、九巻でも口絵のセイさんがもにゅっとしていました。控えめに言って、最の高でした。流石《さすが》です。しかも、特装版のアクリルスタンドのイラスト――！！！　セイさんの婚約祝いとして描いていただいた物なのですが、とても尊かった……。今回も良いお仕事をありがとうございます！

それから、九巻でも通常版とは別に、特装版も作っていただけることになりました！　特装版には小説九巻に珠梨先生描き下ろしのアクリルスタンドが付いてきます。先程、フライング気味に語ってしまいましたが、セイさんと団長さんの婚約祝いということで、二人とも普段とは異なる衣装を着ています。セイさんのかわいさは言うに及ばず、団長さんがとても王子様です。本職は騎士団長ですが、アクリルスタンドでは王子にジョブチェンジしております。ご興味のある方は、是非お手に取ってくださいませ。

コミカライズも相変わらず、とても好調なようです。応援してくださる皆様はもちろんのこと、藤小豆《ふじあずき》先生をはじめとした関係者の皆様にもとても感謝しております。いつもありがとうございます。昨年十二月に刊行された八巻で、遂にクラウスナー領編が終わりました。ここまで続けることができたのも、皆様のお陰だと感謝しております。大変ありがたいことに、続きも描いていただけるようです。引き続き、藤先生が描く聖女の世界をお楽しみいただければ幸いです。

スピンオフコミック『聖女の魔力は万能です ～もう一人の聖女～』も、お陰様で昨年九月に三巻が刊行されました。こちらも多くの方に読んでいただけているようで、コミカライズ同様、読者の皆様と、亜尾《あお》あぐ先生をはじめとした関係者の皆様に大変感謝しております。いつもありがとうございます。師団長様が多く登場した三巻ですが、特筆すべきは小さい師団長様でしょうか。はい。幼少の頃の師団長様が登場します。大事なことなので（以下略）とてもかわいかった……。ご興味のある方は是非お手に取っていただければと思います。

絶賛好評発売中のコミックとスピンオフコミックですが、Ｗｅｂコミック掲載サイトであるコミックウォーカー様、ｐｉｘｉｖコミック様、ニコニコ静画様等で連載中です。こちらでは一部無料で読むことができますので、ご興味のある方は、ご覧いただければ幸いです。

さて、九巻が発売される頃にはアニメ二期の放送開始時期も公開されるでしょうか？　詳細情報につきましては、アニメ公式サイトや公式Ｔｗｉｔｔｅｒアカウントで随時発信されます。ご興味のある方は、そちらをご確認いただけますと幸いです。私の方でも、情報が公開され次第、「小説家になろう」様の活動報告やＴｗｉｔｔｅｒでお知らせしたいと思います。

最後になりましたが、ここまでお読みいただき、ありがとうございました。また近いうちにお会いできますように。

お便りはこちらまで

〒102－8177
カドカワBOOKS編集部　気付
橘由華（様）宛
珠梨やすゆき（様）宛

カドカワBOOKS

聖女《せいじょ》の魔力《まりょく》は万能《ばんのう》です　9

2023年３月10日　初版発行

著者／橘《たちばな》　由華《ゆか》

発行者／山下直久

発行／株式会社KADOKAWA

〒102-8177
東京都千代田区富士見2-13-3
電話／0570-002-301（ナビダイヤル）

編集／カドカワBOOKS編集部

印刷所／大日本印刷

製本所／大日本印刷

Printed in Japan
ISBN 978-4-04-074787-3 C0093

新文芸宣言

かつて「知」と「美」は特権階級の所有物でした。

15世紀、グーテンベルクが発明した活版印刷技術は、特権階級から「知」と「美」を解放し、ルネサンスや宗教改革を導きました。市民革命や産業革命も、大衆に「知」と「美」が広まらなければ起こりえませんでした。人間は、本を読むことにより、自由と平等を獲得していったのです。

21世紀、インターネット技術により、第二の「知」と「美」の解放が起こりました。一部の選ばれた才能を持つ者だけが文章や絵、映像を発表できる時代は終わり、誰もがネット上で自己表現を出来る時代がやってきました。

UGC（ユーザージェネレイテッドコンテンツ）の波は、今世界を席巻しています。UGCから生まれた小説は、一般大衆からの批評を取り込みながら内容を充実させて行きます。受け手と送り手の情報の交換によって、UGCは量的な評価を獲得し、爆発的にその数を増やしているのです。

こうしたUGCから生まれた小説群を、私たちは「新文芸」と名付けました。

新文芸は、インターネットによる新しい「知」と「美」の形です。

2015年10月10日

井上伸一郎